「リーズリンデ君が雀《じゃん》鬼《き》だったなんて……」

私はサキュバスじゃありません 4

illustration —— 和錆

Nora Kohigashi 小東のら

「か、かわいい……」

メルヴィ様とリミフィニア様に
視線が釘付《くぎづ》けになる。
シャッターを切る手が止まらない。
「しかし、なぜだ……？」

「やっほーい！
温泉だわーっ!!」
「リミフィニアさんは
まだ12歳なのに……
わたしよりも
おっぱいがある……」
「これには理由が
あるんです、シルファ様」
「ど、どうしたんじゃ？
リーズリンデ？」

「メルヴィ様もまだまだ成長いたしますよ」
「レイチェルさん！マナー違反ですよ……！」
「年寄りくさい声が出てたぞ、クオン殿」

ルナ様は両手でハートマークを作り、
カップの中のカフェオレにおまじないをかけた。
「おいしくなーれ！
萌《も》え萌え、キュン！」

「似合っていますよ、カイン様」
「シルファ様もその制服、とても似合ってらっしゃいますよ」
「リズ様……？一体どうなされましたか……？」

Characters

キャラクター紹介

リーズリンデ

愛称はリズ。清楚《せいそ》で純真な美少女。その正体はサキュバスだが、今は力と記憶を失っている。

シルフォニア

大国バッヘルガルンの王女で勇者パーティーの姫騎士。姫でありながら人に仕える喜びをリズに気付かされる。

メルヴィ

世界的なラッセルベル教会の聖女で勇者パーティーの白魔導士。初心《うぶ》だったが、リズによって調教されていく。

カイン

聖剣に選ばれた勇者。学園中の女子たちが憧れている。粗野な言動の一方、律儀で仲間思いの一面も。

リミフィニア

シルフォニアの妹。12歳だが胸がそれなりに発達しており、メルヴィから攻撃を受けることに…？

ルナ

リズの同級生。高貴な貴族のお嬢様らしく品行方正。風紀委員で、リズが場を乱す度に制止してくれる。

私はサキュバスじゃありません　4

小東のら

ヒーロー文庫

私はサキュバスじゃありません
4

Contents 目次

Illustration 和錆

イラスト／和錆
装丁・本文デザイン／5GAS DESIGN STUDIO
校正／福島典子（東京出版サービスセンター）
DTP／天満咲江（主婦の友社）

この物語は、小説投稿サイト「小説家になろう」で
発表された同名作品に、書籍化にあたって
大幅に加筆修正を加えたフィクションです。
実在の人物・団体等とは関係ありません。

プロローグ

朝の陽光が燦々《さんさん》と降り注いでいる。

空にはもこもこした綿雲が軽やかに浮かんでおり、深く濃い青色が空一面にどこまでも広がっている。

清々《すがすが》しい澄んだ空気が、心地よく肌を撫《な》でる。

朝の陽が教室の中に差し込んで、木の床にくっきりとした影を落とす。

学友たちが欠伸《あくび》をこらえながら教室に入ってきて、眠そうな目を擦《こす》りながら挨拶を交わしている。

何の変哲もない朝のひととき。

学園の日常の光景が広がっている。

今日も、いつもと変わらない平和な学園生活が始まろうとしていた。

「うーん……うーん……うーん……」

そんな中、一人だけ様子のおかしな女生徒がいた。

苦しそうな唸《うな》り声をあげながら、席に座っている。

「うごごご……あだだ、あだだだだ……」

何を隠そう、私だ。

私、リズは朝の爽やかな光景とは裏腹に、机に突っ伏して、気が滅入るような痛々しい呻《うめ》き声をあげていた。

「どうしたのですか、リズ様？　そんな苦しそうな声を出して」

「朝っぱらからなんやねん。変人っぽいで」

「ルナ様、アデライナ様……」

そんな私に声を掛けたのは、同じクラスのルナ様とアデライナ様であった。

二人は私が学園で親しくしている学友である。

薄茶色の髪を編み込んで短くまとめている方がルナ様で、ワンサイドアップの黒髪で言葉に少し外国の訛《なま》りがある少女がアデライナ様だ。

変人っぽいは余計である。

自覚はあるけど……。

「いやその、筋肉痛で全身が痛くて痛くて……」

「筋肉痛でございますか？」

ルナ様がきょとんとして首を傾《かし》げる。

「先ほどまで勇者チームの朝練に参加していまして……そこで極限まで体をボロボロにさ

れて……」

「あぁ」

私は今、勇者様たちの訓練に参加して、彼らに体を鍛えてもらっている。

私の内に眠る力を目覚めさせて、さらに安定した状態で勇者チームの戦力の一つとなれるように、彼らに支援してもらいながら一生懸命訓練を積んでいた。

「でもそのトレーニングが、頭がおかしいほど厳しいんですよぉっ……！」

「うるさっ」

机を叩《たた》きながら突然大声を出す私に、アデライナ様がしかめ面をする。

でも本当にしんどいのだっ！

あり得ないほど苛酷なのだ！

常識なんてちんけなものだと言わんばかりの壮絶な特訓メニューが、毎日毎日当然のように組まれている。

さすがは世界一の武人の集団、勇者様一行である。

厳しいトレーニングを自らに課し、それを粛々とこなしている。

その愚直なまでのストイックさが、世界最強を維持できる要因なのだろう。

しかし、私には厳しい。

厳し過ぎる。

今、私は机に全体重を預け、一ミリも動けないでいる。

筋肉という筋肉が酷使され、体を少しでも動かすと激痛が走る。

体を起こすことさえ辛《つら》い。

訓練場から教室まで、歩いてくるだけでも地獄のように苦しかった。

かくして、私は芋虫のように机に突っ伏しているのである。

「あだだだだ……あだだ……」

「勇者様の特訓ってそんなにお辛いのでございますか？」

苦しむ私の様子を見ながら、ルナ様が苦笑いをする。

「きついなんてものじゃないんです……常識が……常識が欠落しているんです……」

「常識が欠落？」

「私が今やっている特訓メニューがですね、『誰でもできる！　勇者式ブートキャンプ』っていうんですけどね……」

「なんや、そのふざけた名前」

アデライナ様が眉間に皺《しわ》を寄せる。

「この『誰でもできる！　勇者式ブートキャンプ』は、カイン様一行が一般家庭向けに考案した健康運動メニューでしてね、出版社からの依頼で、その運動メニューが一冊の本にまとめられて、出版されたんです」

「へー、知りませんでしたわ」

ルナ様が目をぱちくりとさせる。

彼女は勇者様たちの大ファンである。

それなのに彼らが作った本の存在を知らなかったことに、彼女自身が驚いていた。

知っていたら確実に買っていただろう。

家庭でできるトレーニングの本は現在ブームとなっており、特にダイエットに効果があるものは女性に大人気であった。

カイン様たちもこのブームに乗って、本を出版したのだろう。

だけどルナ様がこれを知らなかったのには理由がある。

アホみたいな理由があるのだ……。

「でも、『一般家庭向けの手軽な運動』と謳《うた》っておきながら、そのメニューはあまりにも苛酷でした。常識の狂っている勇者チームは一般人の身体能力を完全に見誤っており、普通の成人男性はおろか、屈強な軍人さんですら全員挫折してしまうような、悪魔の特訓メニューが出来上がってしまったのです……」

「なんやそれ」

「300キロの負荷をかけたバーベルスクワットを300回もやるんですよっ!?　これのどこがお手軽運動メニューですかっ!?　常識がおかしいんですよ、あの人たちっ……！」

「うわぁ……」

アデライナ様が呆《あき》れていた。

私もバカだと思う。全身がぶっ壊れてしまいそうなほどきつい、こんな特訓メニューの何が、一般家庭向けの健康運動メニューなのか。

『お手軽ダイエットメニューとして、女性の間でブームになるのを期待していた』

カイン様はそう言うが、本当に心の底からバカだと思ったものだ。

そしてその本は売れなさ過ぎて絶版になった。

「そうしてこの『誰でもできる！　勇者式ブートキャンプ』は『誰もできない運動メニュー』として名を残すこととなったのです！」

「アホやろ」

「それが回り回って、その健康運動メニューは私の入門特訓メニューに流用されて、今私が地獄のような目に遭っているというわけなのです……うごごご……」

「災難ですわね」

「ただのダイエット運動メニューだったはずなのに……ぐぬぬ……」

動かない体を小さく震わしながら、私は恨み言を口にする。

もっとこう、段階を踏んだ特訓メニューを用意してはくれないものだろうか。E級の新人冒険者が、いきなりS級の任務に巻き込まれたような気分になってくる。

「うごごご……あいだだだだだ……」

筋肉が痛み、掠《かす》れた呻《うめ》き声が出る。

か弱い新人には、もっと優しくしてほしいものであった。

「そういえば話は変わるんやけど、この学園街に王子様がやってくるらしいなぁ？」

「……いや、話変えないでください」

痛みに震えている私のことなどどうでもいいというかのように、アデライナ様が無情にも話を変えようとする。

多分、カイン様たちの常識があまりに外れているため、これ以上その話を理解できないと悟ったのだろう。

さっさと話題を変えてしまおうという魂胆が透けて見えた。

もっとこの可哀想な私を慰めてほしい。

もっと愚痴をこぼさせてほしい！

「なんか王族の第一王子アンゼルっつーのが急遽《きゅうきょ》、この学園街に滞在することになったんやろ？　みんなその話題で持ちきりやで？」

「アデライナ様、せめて殿下には『様』をお付けくださいませ」

私のことなど気にせず、アデライナ様が強引にその話題へと舵《かじ》を切る。

……まー、いいですけど。

「………」

この学園街に第一王子のアンゼル様がやってくる。

それは街の一大ニュースになっていた。

王子アンゼル様は容姿端麗であり、頭も良く、国民に人気のある王子様であった。

実務能力も高く、22歳で重要な国政にも携わっており、国王様からも大きな期待を寄せられている人物、それがアンゼル様であった。

そんな彼がこの街に滞在することに決まって、人々は大騒ぎ。

その話題で、街は活気づいていた。

だけど、

「……どうしてアンゼル様はこの街に滞在されるのでしょうか?」

ルナ様が小首を傾《かし》げながらそう言う。

アンゼル様の来訪の理由は公表されていない。

なぜこの街に？　なぜこの時期に？

それが様々な憶測を呼んで、噂《うわさ》が街中に広がっていた。

「リズ様は王子様の来訪の理由をご存じでございますか?」

「私ですか?」

ルナ様に質問され、私は机に突っ伏したまま、ほんの少しだけ首を動かして彼女を見上げる。

「ほら、リズ様はシルフォニア様と仲良しでいらっしゃいますから、何か話を聞いておられるかと……」

「………」

言うまでもなく、この国の王女であるシルファ様と第一王子のアンゼル様は、兄妹の関係にある。

私は勇者チームの見習いであるため、シルファ様と親しくさせていただいている。

その繋《つな》がりから、今回のアンゼル様来訪の理由を知っているかもと考えられたのだろうけど……。

「………」

それとは関係なく、私はアンゼル様来訪の理由を知っている。

しかしそれを話すことはできない。

この話は一部の人しか知らない、秘密の事柄であるからだ。

「……私にも分からないですね」

「ま、そりゃそうやろな」

「そうですわよね」

少し強張《こわば》った作り笑いを浮かべながら、私は秘密を胸の内にしまう。

朝の爽やかな風が、窓から教室に入り込んでくる。

いつもと変わらない学園の一日が始まろうとしていた。


その翌日。

第一王子アンゼル様一行が、この街にいらっしゃった。

豪華な馬車が学園街に入ってくる。

王家の威容を保つようにと、一流の職人が造り上げた美しい馬車が、揺れも少なくゆっくりとこちらに近づいてくる。

馬車が私たちの前でぴたりと止まる。

御者が馬車から降り、扉を恭《うやうや》しく開ける。

中から煌《きら》びやかな衣服をまとった一人の男性が姿を現した。

「お初にお目にかかります。バッヘルガルン王家第一王子アンゼルと申します。この度の歓迎、ありがたく思います」

片手を胸に当て、小さく頭を下げて美しい所作でお辞儀をする男性。

第一王子アンゼル様であった。

細身の長身で、短い赤髪が綺麗《きれい》に整えられている。腰には銀の装飾が施された細剣がぶら下がっているが、体つきを見るに、武人というより文官の男性であった。

「…………」

今この場にはほとんど人がいない。

街の住人が押しかけて混乱が生じてしまうことを避けるため、王子の来訪の時間と場所は公表されず、街の外れで出迎えをすることとなった。

そのため、ここにいるのは街の領主、学園長、冒険者ギルドの館長など、数少ない街の有力者たちである。

カイン様一行も参加しており、見習いとして私も王子様の出迎えに加えさせていただいている。筋肉痛で全身が引き裂けそうなほど痛むが、体に鞭打《むちう》って、なんとか出迎えに参加していた。

ただ、錚々《そうそう》たる人々がここに揃《そろ》っているが、この場の主役はその誰でもなかった。

先頭に立ち、アンゼル様の言葉に真っ先に返事をしたのは一人の少女だった。

「うむ、遠路はるばるご苦労。我こそが正当なる魔王家当主、クオンである。よしなに頼むぞ」

長い黒髪をなびかせた小柄な少女、元魔王のクオン様であった。

……『元』なんて言ったら怒られるけど。

――先日、私たちはこのクオン様と戦い、結果、勇者チームは魔王家と同盟を結ぶに至った。

そのことは当然この国の王様に報告され、魔王家との交渉に政府の要人が派遣されることとなった。

その交渉役こそが、第一王子のアンゼル様なのである。

魔王家と同盟関係に至ったことはまだ一般の民衆には伝えられていない。だから、ルナ様やアデライナ様が王子様来訪の理由を知らないのは当然であった。

「お互いに良きパートナーとなれることを心より願っております」

「ふはははは っ！　お主は堅苦しいのぅ。これから仲良くしようというのじゃ。肩の力を抜かぬかい」

アンゼル様とクオン様の二人は、固い握手を交わす。

人族と魔族の奇妙な同盟。

私たちはその握手に、歴史の変わり目を見たのであった。

「……それではお言葉に甘えて、一つ質問させていただいてもよろしいでしょうか？」

「なんじゃ？」

アンゼル様が苦笑しながら聞く。

「……クオン様はなぜメイド服を着ていらっしゃるのですか？」

「むがーーーっ！　うるさいうるさーいっ！　わらわも好きで着てるわけではないっ！

そこの男がっ……！　全部そこの男が悪いのじゃーーーーっ！」

クオン様、キレる。

先日の戦いに敗れ、クオン様は名義上カイン様の部下となってしまった。

上司として、カイン様はクオン様にメイド服姿で仕事をするよう命じたのである。

怒る彼女の様子を見て、カイン様が心の底からおもしろそうにニヤニヤしている。

カイン様は本当に底意地が悪い。

「クオン様……」

「ぬ……？」

そんなふうにクオン様が怒っている時だった。

アンゼル様に続き、馬車の中から新たに一人の少女が出てきた。

「初めまして、クオン様。わたくしはバッヘルガルン王家の第三王女、リミフィニアと申します。どうか兄ともどもよろしくお願いいたしますわ」

スカートの端をつまみ、優雅に挨拶したのはシルファ様の妹。

第三王女のリミフィニア様であった。

シルクのように艶やかな長い赤髪が風に靡《なび》いている。白く気品のあるドレスを着ており、立っているだけでも生まれ持った高貴さが感じられた。

姉上であるシルファ様と同じ赤系統の色の髪だけれど、姉上より色が薄いようで、薄紅色の髪である。

彼女はまだ12歳であり、背は低く、小柄であった。今この場では最年少である。

「むむ？　お主のような小さな子まで会談に参加するのか？　言っておくが、これからの話し合いは子供の遊びじゃないんじゃぞ？」

クオン様が不満そうに口を尖《とが》らせるが、リミフィニア様が答える。

「いえ、クオン様。わたくしは留学を主な目的としてこの学園街にやってきました。魔王家との交渉は兄のアンゼルが務めさせていただきます」

「ふむ、まぁ当然じゃな」

「ただ、ぜひとも勉強のために会談に参加させていただければと思っております。浅学な身ですが、魔王家の文化や伝統を教えていただければ幸いです」

彼女の説明に、クオン様がふんと鼻を鳴らす。

「なるほど、お主は交渉役というより客人か。会談は邪魔さえしなければよい。出席を許そう」

「ありがとうございます、クオン様」

「良かろう。くっくっく……！　我らが魔王家の盛大な歓待、その身をもって存分に思い知るがよいっ！」

悪そうな笑みを受かべてふんぞり返り、クオン様がありがたいことをおっしゃる。

リミフィニア様はにっこりと微笑《ほほえ》んでいた。

どうでもいいが、この二人は身長が同じくらいである。

クオン様は四百年近く生きているらしいが、身長は低く小柄である。

だから端《はた》から見ると、同い年の少女二人が並んでいて、高飛車な一人の少女に対しても
う一人の少女が大人びた対応をしているようにしか見えなかった。

「クオンは魔王なのに、どうしてこうも威厳がないのかしらね？」

「しっ、聞こえますよ、レイチェル様」

レイチェル様がめちゃくちゃ無礼なことを言っていた。

……私も同じことを思ったけれど。

それから、馬車の中から次々と人が出てきてクオン様と挨拶を交わす。皆バッヘルガル
ン王家の政府関係者なのだろう。

今回の、魔王家との同盟締結の交渉をする人たちだ。

その中で、一際体の大きな人が前に出て、クオン様に握手を求めた。

「私は王族親衛隊隊長のブライアンと申します。アンゼル王子とリミフィニア王女の護衛
の責任者であります。どうぞよろしく」

「……ふむ」

王族親衛隊隊長ブライアン様。

二メートル近い長身で、険しい顔つきをした男性であった。

強い存在感を放っており、顔に刻まれた傷痕は、彼が歴戦の猛者《もさ》であることを物語っている。

彼はこの国で有名な武人であり、兵士時代から数多くの武功をあげていた。その功績が認められて、王族の親衛隊という名誉ある地位に就いた人である。

「彼が噂《うわさ》のブライアンさんか……」

「それって、あたしたちのチームに入っていたかも、っていうやつ？」

ミッター様とレイチェル様が、彼を見ながらひそひそと喋《しゃべ》る。

ブライアン様にはある噂があった。

それは『勇者チームに加わっていたかもしれない人物』というものだった。

シルファ様がカイン様の仲間になる時、ブライアン様も彼らの仲間に加わる案が出たのだという。しかし王家を護衛するため、彼はこの国に残ることになった。

そういった事情がなければ勇者チームに加わり、彼らと共に旅をして大きな名誉を手に入れていたかもしれない、と世間一般では噂されているのだ。

「…………」

その噂を思い出し、私は息を呑《の》む。

それはつまり、このブライアン様が勇者チームの皆様と互角の力を持つということだ。

彼らと一緒に訓練するようになって、私は皆様の実力を痛いほど知るようになった。彼らの力を文字通り、身をもって知っているのだ。

「………」

勇者チームの皆様と互角の実力を持つ男性。

その事実だけで、私の体に小さく身震いが起きる。

ブライアン様と勇者チームには、そういった因縁があった。

「……まぁ、よろしく頼む」

クオン様が彼に応じて握手を交わす。

ブライアン様は不愛想な方なのだろう。二人の実力者はお互いむすっとした顔つきのまま、固い握手を交わしていた。

「……さて、今日は堅苦しいことは抜きじゃ。まずは我ら魔王家の歓待を受けてもらおう。お主ら、わらわに付いてまいれ！」

挨拶が一通り済み、クオン様が皆様を先導して歩きだす。

今日は魔王家とバッヘルガルン王家の懇親会を行う予定となっていた。

スケジュール表によると、向かう先はどうやら魔王城別荘の城下町らしい。そこで魔王家が歓待してくださるのだという。

移動は空間転移の魔法陣を使う。

クオン様が空間歪曲《わいきょく》の魔法を使って無理やり二つの空間を繋《つな》げた場所に、正式な空間魔法の転移陣が設けられた。

これで学園街と魔王城別荘は、自由に行き来できるようになったのである。

その魔法陣があるのは、学園街を少し外れた場所だ。

そこに仮設の小屋が建てられ、その小屋と学園街を結ぶ連絡路が整備されつつある。

一般の方々がこの場所を利用することはないだろうけど、学園街と魔王城別荘を行き来する必要がある人たちは、この施設を何度も利用することになるだろう。

人族領と魔族領を繋ぐ空間転移陣という、二つの国の架け橋が着々と整備されつつあるのだった。

「そなたら、ちんたらするでないぞー。ちゃんとわらわの後に付いてくるのだ」

威張るように胸を張りながら、メイド服姿のクオン様が私たちを先導する。

大人数の団体が、のそのそと移動を開始した。

「お姉様っ！」

そんな時、リミフィニア様が小走りでこちらに駆け寄ってくる。

彼女は勢いよく、自分の姉であるシルファ様に抱きついた。

「お姉様！　お久しぶりでございます！　お姉様に会えてわたくし嬉《うれ》しく思います！」

「ははっ、リミフィー、久しぶりだな。元気だったか？」

「はいっ！　シルファお姉様もお元気そうで何よりです！」

リミフィニア様が嬉《うれ》しそうな高い声を上げ、そんな彼女の頭をシルファ様が柔らかな手つきで撫《な》でる。

きっと久しぶりの再会なのだろう。少しばかり自由に動ける時間になったので、リミフィニア様はすぐ自分のお姉様に飛びついていった。

頭を撫でられ、リミフィニア様が気持ちよさそうに顔をほころばせる。

とても微笑《ほほえ》ましい光景であった。

シルファ様はリミフィニア様のことを『リミフィー』と呼んでいるが、それはきっと彼女の愛称なのだろう。シルフォニア様の愛称の『シルファ様』と同じである。

「ちょっと見ないうちにまた背が伸びたんじゃないか、リミフィー?」

「そうですか? 自分ではよく分からないのですが?」

まだ12歳のリミフィニア様と19歳のシルファ様の間には、大きな身長差がある。

自分の姉の腰に抱きつき、花の咲いたような笑みをこぼすリミフィニア様と、そんな彼女を温かな眼差しで受け入れるシルファ様の間に、確かな姉妹愛が感じられた。

「ほらほら、私にばっか構ってないで他の人にもちゃんと挨拶しなさい。私の仲間を紹介するから」

「あっ! は、はいっ! かしこまりました、お姉様!」

リミフィニア様がシルファ様から離れ、しゃんと背筋を伸ばす。

久々の姉妹の再会だろうに、健気なものであった。

「まず、隣にいる彼女が、私たち勇者チームの見習いとして最近入ったリーズリンデだ」

「お初にお目に掛かります、リミフィニア様。ラフォート侯爵家の娘、リーズリンデと申します。なにとぞよろしくお願いいたします」

挨拶をしながら彼女に頭を下げる。

歩きながらで無作法ではあるものの、こんな場合なので仕方がない。また今度、正式に挨拶をすることにしよう。

「はい！　リーズリンデ様！　お久しぶりです！」

「ん……？」

はて？

リミフィニア様から変な返事が返ってきた。

お久しぶり？

いや、私と彼女は初対面のはずなんだけど……？

どこかでお会いしたことがあっただろうか？　いや、私は王城を訪ねた経験などないし、一国の姫様と会ったことを忘れるなんて無礼なことはしないと思うのだが……？

そんなふうに考えていると、シルファ様がリミフィニア様の頬をぎゅっと引っ張った。

「は、じ、め、ま、し、て、だよなぁ!?　リミフィー!?　事情は手紙で説明したはずだよなぁー!?」

「ご、ごめんなさい、ごめんなさい、お姉様！　そうでした、初めましてでした……！」

リミフィニア様は涙目になりながら、改めて私に挨拶をする。

事情……？

なんの事情だろう？

どんな事情があれば初対面の人とそうではない人を間違えられるのだろうか……？

「…………」

「…………」

目でシルファ様に問いかけてみるけれど、視線を逸《そ》らされる。

一体なんだというのだ？

「え、えぇっと……リミフィニア様は留学目的でこの街に来られたとおっしゃっていましたが、入られるのは中等部の方でございますか？」

なんか話題を変えてほしそうな空気をシルファ様が出していたので、ちょっと強引に話題を変える。

リミフィニア様はそれに乗ってきた。

「はっ、はい！　来週から中等部の一学年に編入する予定です！　アンゼルお兄様がこの学園街に赴くこととなったので、わたくしも一緒についてくることとなりました！」

この街のフォルスト国立学園は、私が在学している高等部だけでなく、初等部、中等部、大学、幼稚園など、幅広い年代が教育を受けられるように、様々な教育機関が設けられている。

彼女はその中等部の方に入学予定のようだ。

「なのでわたくしはお兄様のおまけですね。王家の大使として魔王家の方々と交流するのも大切な仕事なのですが、一番重要な同盟についての交渉はお兄様がなされるので、わたくしは勉学にも精を出せとお父様が……」

「大変ですね、リミフィニア様……」

まだ12歳だというのに、もう既に多くの責務を負っていられるのだ。

王家の方々の仕事ぶりには頭が下がる。

「私は中等部のことは詳しくない。学園について分からないことがあったら、リズに聞くといい。この街に住む先輩だ」

「よろしくお願いしますね、リーズリンデ様！」

「わ、私だってこの街に住み始めてまだ一年ですよ！　私の学友のサティナ様とかルナ様は生まれた時からこの街に住んでいるので、今度ご紹介いたしますね」

17年以上この街に住み続けている彼女らに比べれば、私だってまだまだ分からないことも多い。

この街を端から端まで知り尽くしている彼女らに教えを乞うのが、一番いいだろう。

「ほら、前の方に冒険者ギルドの館長さんがいらっしゃいますでしょ？　あの方のご息女がサティナ様っていうんです」

「冒険者ギルド館長の娘さんですか！　心強いですね。ぜひご紹介ください！」

リミフィニア様が人懐っこい笑みを見せる。

彼女はほんとに、こう、無垢《むく》って感じだなぁ。

まだ知り合って間もないけれど、一緒にいると心が癒される感じがする。

大切にしよ。

「次はその隣の聖女メルヴィだ。ここからは私がカイン殿の仲間になった時にはいなかったメンバーだから、リミフィーも初めましてかな？」

「初めましてリミフィニア様。ラッセルベル教の聖女を務めさせていただいております、メルヴィと申します。よろしくお願いいたします」

「はい！　よろしくお願いいたしますね！」

そうやって次々と勇者メンバーの紹介が行われていく。

メルヴィ様、レイチェル様、ミッター様、ラーロ様と紹介が続いていく。

いずれも世界的な有名人だ。リミフィニア様も皆様についての話をよくご存じのようで、多くを語らずともスムーズに自己紹介が進んでいく。

ただ、勇者メンバーの最重要人物との挨拶がまだ済んでいなかった。

「あれ？　カイン様は？」

「近くにいないようだが……あ、あんな離れた場所にいた」

カイン様は、クオン様を先頭とした集団から遅れ気味に、後ろの方を歩いていた。

彼とヴォルフ様が並んで歩いており……なんだろう？

なにか揉《も》めている？

カイン様がヴォルフ様の腕を掴《つか》み、無理やり引っ張っているように見える。

「なにしてらっしゃるんですか？　カイン様？　ヴォルフ様？」

私たちはお二人に近づいて声を掛ける。

「あ！　お前たち、いいとこに来てくれた！　なんかヴォルフの様子がおかしいんだよ！

ちょっと叱ってやってくれっ！」

「様子がおかしい？」

カイン様がしかめっ面をしながら、ヴォルフ様の腕を引っ張っている。

ヴォルフ様は最近この街に来た勇者チームの新戦力だ。カイン様の同郷の幼馴染《おさななじみ》であり、彼からこの街の防衛の役割を頼まれていた。

「なんかいきなり、こいつ『腹の具合が悪くなってきた』とか『ちょっと用事を思い出した』とか下手くそな言い訳並べて、この場からトンズラしようとしてやがんだよ！　仕事だっつーのになにアホなことぬかしてんだ！」

「トンズラ？」

「どうなされたのですか？　ヴォルフ様？」

「いえ、その……」

ヴォルフ様が答えにくそうに口ごもる。

明らかに様子がおかしい。

顔から汗が噴き出している。具合が悪そうではないのだけれど、なんだろう？　この場にいたたまれないとか、ばつが悪いとか、そういった感情が全身から溢《あふ》れ出しているように見える。

さっきから一向に目が合わない。ヴォルフ様はそっぽを向いており、頑《かたく》なに顔をこちらに向けようとしない。

明らかに変である。

「えーっと、その……何かあったのですか？　ヴォルフ様？」

「いえ……、お構いなく」

お構いなくできない。

これほどあからさまに様子がおかしい人を放っておけるほど、私たちのスルースキルは鍛えられていなかった。

「なんだよ、ほんと！　さっきまで普通だったじゃねーか！　周りの人に迷惑かけんな！」

「いや、そ、そのだな……カイン、か、勘弁してくれ……」

何が勘弁なのか、こっちには事情が一切分からない。

「ヴォルフ殿は一体どうしたのだろうか？」

「なんなんでしょうね……？」

彼のおかしな挙動に心当たりがない。

説明もなく、ただしどろもどろになっているヴォルフ様に、私たちは首を捻《ひね》ることしかできない。

ただ、その答えは意外なところから明らかになった。

「……ダークブリンガー様？」

ぽつりと、小さな声が響いた。

「……え？」

私たちは声のした方を振り向く。

その声を発したのはリミフィニア様であった。

「ダークブリンガー様……ですよね……？」

彼女の声を聞き、ヴォルフ様がビクリと体を震わす。

より一層体から汗が噴き出す。

「…………」

リミフィニア様は、ヴォルフ様を見て目をまん丸くしていた。

彼を見て、驚きを隠すことができず唖然《あぜん》としている。

「……？」

二人は知り合いだったのだろうか？

「え？　な、なんだ？　……二人は知り合いなのか？」

「…………」

「…………」

シルファ様が困惑した様子で二人に視線を向けるけれど、返事はない。

リミフィニア様は驚きで体が固まり、返事ができないといった様子だが、ヴォルフ様は何も説明したくないから口をぎゅっと結んでいるような感じであった。

……しかし、おかしい。

『ダークブリンガー』はヴォルフ様が魔王軍で活動していたときの名前であって、その異名を知るのは人族ではほんの一握りである。

なのに、なぜリミフィニア様がその名前を知っているのだろうか？

二人の間にどんな繋《つな》がりがあるのだろうか？

「……ダークブリンガー様ぁっ！」

そして、リミフィニア様が突然動きだした。

大きな声を上げながら、彼に駆け寄り、腰にぎゅっと抱きついた。

「ずっと……！　ずっとお探ししておりました！　ずっとずっとお会いしたく思っておりましたっ……！」

「い、いや……その、別人かと……」

「あの時のご恩は一日たりとも忘れたことはございませんっ……！」

目の前で繰り広げられる熱い抱擁。

私たちも驚きで固まる。

一国の王女様が一人の男性に抱きついている。

これだけでも相当なスキャンダルだ。

しかも、彼女は熱い思いを口にしている。これがただの知り合いとの再会のような軽い感情ではないと、彼女の気迫が物語っている。

リミフィニア様は、もう絶対に離さないというかのように力いっぱい彼の体を抱きしめ、瞳は今にも涙がこぼれ落ちそうなほど潤んでいる。

「…………」

「…………」

何か大変なことが起こっている。

私たちはそう直感した。

「い、いやぁ？　俺はダークブリンガーなんて魔王軍の人間、し、知りませんが……？」

……ヴォルフ様は下手な言い逃れをしようとしているけれど、誰も「魔王軍」なんてワードは口にしていないのである。

「な、なんだ……!?」

「姫様ぁっ!?」

リミフィニア様の大声で、前を歩いていた人たちもこの異常事態に気付き始めた。

この国の偉い人ほど大きな動揺を見せている。

無理もない。

一国のお姫様が、どこの馬の骨とも知れない男に抱きついているのである。

混乱が広がり、全ての人の注目が二人に注がれた。

「姫様ぁっ!?　一体どういうことですか!?　この男は一体何なのですか!?」

「いえ、その、ち、違くてですね……？」

王族親衛隊隊長のブライアン様が、近づきながら怒鳴り声を発する。それに対してヴォルフ様が声を震わせながら曖昧な返事をする。

何が違うのかすら分からないほど、事情が呑《の》み込めない。

「皆様！　ご紹介します！」

リミフィニア様がヴォルフ様から手を放し、この場にいる全員に向かって大きな声で宣言した。

「この方はダークブリンガー様！　わたくしがお慕いしている男性です！」

「え……？」

「お、お慕い……？」

皆様が息を呑む。

一瞬彼女が何を言っているのか分からなかった。

リミフィニア様の顔は真っ赤だ。

冗談を言っているような様子はない。本当に心の底から熱い思いを口にしている。

そして、一際大きな声で、叫んだ。

「彼はわたくしの運命のお方ですっ……！」

「はあああああああぁぁぁぁあっ……!?」

「えええええええええぇぇぇぇぇぇえっ……!?」

皆様、一様に叫び声を上げる。

ゴシップだ。

特大ゴシップである。

突如明かされた、一国のお姫様の人知れぬ恋心に、皆が皆、驚きの声を上げざるを得ない。

そしてなぜか、その驚きの声の中にヴォルフ様のものも混ざっている。

いや、一番驚いているのがヴォルフ様であった。

魔王家との交流一日目だというのに、意外なことが始まったのであった。

第40話　【過去】暗黒騎士とお姫様

それは今から約三年前のこと。

魔族との戦いが激化する中、一国の王女であるリミフィニアの身に危機が訪れていた。

彼女の国、バッヘルガルン王国は魔族による侵攻が激しく、国境は常に激しい戦争状態にあった。

その国の第一王女シルフォニアには比類ない戦闘の才能があり、彼女が直接多くの軍勢を指揮することでなんとか戦況は互角を保っていたが、魔族は人族より身体能力が優れている種が多く、バッヘルガルン王国は苦戦を強いられ続けていた。

そんな戦況の中、やがて人族の国が一つにまとまり、支援し合う体制が整っていく。

比較的戦禍の少ない国が魔族の侵略に苦しむ国を支援する。

魔族という共通の敵を前にして、人族は手を取り合い、力を合わせて大きな敵に立ち向かっていた。

だが、裏切り者が現れる。

バッヘルガルン王国に隣接する軍事国家のゴゴール国が、突如としてバッヘルガルン王国に攻め入ってきたのだ。

二つの国は歴史上仲が悪く、長い間緊張状態が続いていたが、魔族との戦争状態になってからはそれどころではなく、お互いのために不可侵条約を結ぶまでに至っていた。

だがゴゴール国は裏切った。

バッへルガルン王国が魔王軍と戦っている最中、横槍《よこやり》を入れる形で同じ人族の仲間に襲いかかったのである。

人族の全てが力を合わせて魔王軍と戦わねばならない時に、ゴゴール国は自国の利益のみを優先してバッへルガルン王国を襲撃した。

その際、不運にもリミフィニア姫がその戦いに巻き込まれてしまった。

バッへルガルン王国はその不意打ちに反撃できず、彼女はゴゴール国に囚《とら》われてしまったのだった。

まだ9歳であった幼い王女は、そのあまりの卑劣な行為に、身を震わせることしかできなかった。

ゴゴール国は王女であるリミフィニア姫の身代金として、とんでもない額をバッへルガルン王国に請求してきた。

王国に為《な》す術《すべ》はない。

魔族との厳しい戦争状態の中で、背後から同じ人族に刃《やいば》を突き付けられる。この窮地を脱するだけの余力はバッヘルガルンにはなかった。

――しかし、この悪辣《あくらつ》な行為に怒りの声を上げたのは意外な人物であった。

魔王軍の大隊長である。

敵であるはずの存在が、卑劣な襲撃を仕掛けたゴゴール国に対して激昂《げきこう》する。

その魔王軍大隊長は、人族の誰もが予想しなかった行動に出た。

単身ゴゴール国に乗り込み、その軍隊を壊滅状態に陥れたのであった。

悪鬼羅刹《あっきらせつ》の如く暴れ回り、軍の施設を徹底的に破壊し尽くす。

誰もその怪人を止めることができない。

黒い鎧《よろい》を纏《まと》うたった一人の暗黒騎士が、何千という屈強な兵士たちをいともたやすく薙《な》ぎ払《はら》っていく。

たった一夜にして、ゴゴール国の重要な軍事基地が再起不能なほどに破壊されてしまったのであった。

その怪人は、基地の奥から一人の少女を救い出していた。

リミフィニア姫である。

その怪人は悪い人間に攫《さら》われた哀れな少女を家に送り届けるため、バッヘルガルンの王都へと向かう。

徒歩や馬車でゆっくりと、穏やかに帰路を進む。

暗黒騎士とお姫様の、奇妙な二人旅だ。

「……なぜわたくしを助けてくださったのですか？　ダークブリンガー様」

旅の途中の、ある暗い夜。

宿の部屋で体を休めながら、リミフィニア姫が彼に問いかける。

リミフィニアは『リミリア』と偽名を名乗っていた。

助けられた当初は目の前の男性が不気味で仕方なかったから、王女として有名な自分の名前を出すことはできなかった。

バッヘルガルンの王都に住む一貴族と嘘《うそ》をつき、ダークブリンガーと名乗る男と共に旅をしていた。

「……人が嫌いだからです」

ダークブリンガーが短くそう答える。

「人が嫌いなのに、わたくしを助けてくださったのですか？」

納得できず、きょとんとした表情を見せながら彼女がまた問いかけた。

「……俺は人の醜い部分がこの上なく嫌いです。それを受け入れることができなかったから、俺は人族でありながら魔王軍に所属しました。俺は今は人族の敵であるけれど、今回のゴゴール国の行いは非常に醜く見えました。嫌いになったから潰しました」

「…………」

「あなたを助けたのは、そのついでです。リミリアさん」

ダークブリンガーは固い口調で話し続ける。

リミフィニアはこの旅を通じて、彼には軍人気質《かたぎ》のお固い雰囲気を感じていた。

「……どうして人が嫌いなのですか？」

「………………」

ベッドの上で体を休めながら、リミフィニアが問いかける。

彼女の疑問は当然だった。

これまでの彼との旅の中で、ダークブリンガーが人族でありながら魔王軍に寝返ったという話は聞いている。

リミフィニアはこの優しい怪人のことを、もっと知りたいと思っていた。

「……大した話ではないです。旅をしている途中で世話になった村があったのですが、気が付いたらその村が人の手によって滅ぼされていました。しかも、その略奪は魔族のせいになっていました。人が人を襲い、自分の罪を隠すため、魔族に罪を着せたのです」

「それは……」

暗い部屋の中で、ランプの仄《ほの》かな明かりだけがゆらゆらと揺れている。

リミフィニアは何かを言おうとして、でも言葉が浮かばず、口を閉じた。

「それを知って思いました」

ランプの赤い光に照らされる彼の横顔を見て、リミフィニアは胸が締めつけられるようだった。

ダークブリンガーは声を荒らげず、静かな口調で淡々と事実だけを語る。

「人は醜いと……」

「…………」

「……俺は嫌になって人の国を出ました。それだけのことです」

「ダークブリンガー様……」

「話は終わりです。もう夜も深い。眠りましょう」

彼が椅子から立ち上がり、ランプに近づいてその火を消そうとした。

その時、リミフィニアががばっと上半身を起こした。

「わたくしはそのような人間にはなりませんっ……！」

大きな声で叫ぶ。

このまま話が終わってはいけないのだと、彼の心を引き留めようとするかのように、彼女は必死な声で叫んだ。

「わたくしは絶対にそのような人間にはなりません！　優しくて、温かくて、人を大切にする人間になってみせます……！」

小さい体で精一杯主張する。

弱い明かりが一つしかない薄暗い部屋の中で、少女は怪人に熱い眼差しを向ける。

「あなたにだけは信じていただきたいのです……」

「………」

二人は数秒間、動きを止める。

リミフィニアは視線を逸《そ》らさない。自分の気持ちは本物だと、自分を救ってくれた恩人に分かってもらいたくて、強い思いを瞳に込めた。

先に目を逸らしたのは、ダークブリンガーの方だった。

「……だからって何も変わりませんよ。お休みなさい、リミリアさん」

それだけ言って、彼は部屋の明かりを消すのだった。


旅を経て、ようやく二人は王都に辿《たど》り着く。

もう危険はどこにも存在しない。自分の住む都に帰ってきて、リミフィニアは重い安堵《あんど》の吐息を漏らす。

敵国に捕まった時は死すら覚悟した。

それが今はどうだ。

怪我《けが》一つなく無事に故郷に帰って来られた。

全ては隣にいる恩人のおかげ。

リミフィニアは顔を上げ、背の高い彼をじっと見た。

「ダークブリンガー様！　どうかわたくしの家に寄ってください！　お礼がしたいのです！」

「いえ、俺は……」

「ダメです！　わたくしはあなたに命を救われたのです！　手ぶらでお帰しするわけにはいきませんっ！」

そう言いながら、リミフィニアは彼の腕を引っ張り、王宮へと連れていこうとした。

自分が本当は王女だと知ったら彼は驚くだろうか？

そんなことを考えながら、彼女は笑みを浮かべていた。

――その時だった。

「む……」

一本の矢がびゅうと鋭く風を切り、ダークブリンガーに向かって飛んできた。

彼はそれを難なく手で掴《つか》み取る。

彼の頭部を狙い、殺すために放たれた矢だった。

「え？　えっ……!?」

「………」

何が起きたのか分からなくて、リミフィニアは困惑する。

ただ、狙われたダークブリンガーの方が全てを分かっているかのように冷静で、油断なく周囲を見渡していた。

「やぁっ！」

「はっ……！」

「え、えぇぇっ……!?」

矢が放たれたのに合わせて、物陰から武装した人間が数人飛び出してくる。そして鋭い太刀筋でダークブリンガーに向かって剣を振るった。

野盗ではない。

立派な鎧《よろい》を身に纏《まと》った、訓練された兵士であった。

それをダークブリンガーは悠々と迎え撃ち、拳を使って一撃で昏倒させる。

「………」

「な、何が起こっているのですかっ……!?」

まだ状況を上手く呑《の》み込めていないリミフィニアは大慌てになりながら、ダークブリンガーの背後に隠れる。

そして辺りを見渡して、気付いた。

「え……？」

気が付いたら自分たちは取り囲まれていた。

物陰から続々と兵士が飛び出てきて、自分たちを逃さないように全方向を包囲している。

手早く一般市民をその場から避難させ、その通りにはリミフィニアたちと周りを囲む兵士しかいなくなっていた。

「賊に告ぐ！」

隊長らしき人物が声を張り上げる。

「一切の抵抗は無駄だっ！　お前は完全に包囲されている！　人質の少女を解放し、投降せよ……！」

「ぞ、賊ぅっ⁉」

「…………」

その言葉を聞いて、リミフィニアはやっと現状を理解した。

自分はゴゴール国に囚《とら》われて捕虜になっていた。そんな自分がいきなり王都に現れ、傍らには身元不明の大柄の男性がいる。

このダークブリンガーが自分を誘拐した犯人だと、勘違いしているのだ。

王都の兵士は自分を救出し、ダークブリンガーを捕らえようとしているのだということに気が付いた。

「戦争の捕虜を直接王都に引き連れてきた意味は分からんが、どうせ良くないことを企んでいるのだろうっ⁉　こちらは数千人の軍隊を動員する用意ができている！　我らの警戒を甘く見たなっ！」

「ま、待ってください！　誤解です！　この方は敵ではありません！　わたくしの味方なのですっ！」

リミフィニアがダークブリンガーの前に立ち、両手を大きく広げて彼を守ろうとする。

少なくとも、そうしていれば兵士たちは矢を射ることはできなくなる。

「少女よ！　どきなさい！　その男から離れなさい！」

「違います！　わたくしの話を聞いてください！　この方は味方ですっ……！」

「くそっ、洗脳の魔法か？　厄介だな……！」

隊長は、リミフィニアの名前をあえて呼ばなかった。

もしも不審な男が横にいる人質の価値に気付いていなかった場合、王女様の名前を呼べば、状況が悪化する。

だから、ダークブリンガーは最後まで、旅を共にした少女の正体を知ることができなかった。

「いいよ、リミリアさん」

「ダークブリンガー様……？」

リミフィニアは振り返って彼の顔を見る。

彼は穏やかな笑みを浮かべていた。

「こうやって、必死に誰かを守ろうとするのを見るのは、嫌いじゃない……」

「え……？」

「さようなら」

それだけ言って、彼は少女の背中を突き飛ばした。

「きゃっ……!?」

リミフィニアが勢いよく前に押し出される。

ダークブリンガーと彼女との間に大きな距離ができると、即座に隊長がリミフィニアの体を抱き留め、保護した。

「撃てぇぇぇぇぇぇぇぇっ……！」

その瞬間、四方八方から矢が放たれる。

回避不可能なほど大量の矢が、ダークブリンガーに襲いかかった。

「……ふん」

しかし、彼は動じない。

たくさんの矢がダークブリンガーの体を直撃するが、普通の弓矢では彼の体に傷一つつけられなかった。

魔力で強化された彼の体が鉄の矢尻を弾き飛ばし、矢がぼとぼとと地面に落ちる。

彼は回避行動すら取らなかったが、ダメージは一切なかった。

「な、なんだっ……!?　矢が通じないぞっ!?」

「何者だっ!?　あの男……!」

兵士の間に動揺が走る。

「やめてっ……！　やめてください！　その人はっ！　その人は違うんですっ……！」

「だ、駄目です！　暴れないでください！」

リミフィニアが大声を出して止めようとするけれど、状況は一切変わらない。

隊長は暴れる彼女の体をしっかりと抱え、放さない。

「…………」

そして、ダークブリンガーは無言で彼女に背を向けた。

争うでもなく、怒るでもなく、ただ何も言わず、とぼとぼとした足取りで来た道を引き返そうとする。

まるで疲れ切った仕事帰りの人間のように、ゆっくりと歩いてその場を後にしようとしていた。

「な、なんだ？　こいつ……？」

男のあまりの戦意のなさに、兵士たちはさらに動揺する。

ただ、来た道の方向にも、兵士たちが人垣を作って包囲を完成させている。

ゆっくりと歩いてくる謎の男の前に立ちはだかり、兵士たちは攻撃を加えた。

「やぁっ……！」

「………」

「ぶっ⁉」

だが、その攻撃は無意味だった。

謎の男は襲いかかってくる兵士たちを迎え撃ち、器用に一撃で昏倒させた。

命までは取らず、飛びかかってくる敵だけを弾き飛ばす。

「な、なんなんだ⁉　この男はっ……⁉」

矢は効かない。

近づけば適当にあしらわれる。

敵はたった一人なのに、その男のゆっくりとした足取りを止めることはできなかった。

「行かないでっ！　行かないでください！　ダークブリンガー様っ……！」

涙を流しながらリミフィニアも叫び声を上げる。

それでも彼は歩みを止めない。

「ちゃんと！　もっと！　話したいんです！　こんなふうにお別れしたくないんですっ！」

「………」

「行かないでっ！　ダークブリンガー様ぁっ……！」

誰にも止められないまま、ダークブリンガーは歩き続ける。

リミフィニアは小さくなる彼の後ろ姿を見送ることしかできない。

そうして彼は一度も振り返ることはなく、二人の旅は終わりを告げるのであった。

第41話　【現在】魔王城別荘城下町の観光

「ってことがあったんです〜〜〜っ!!」

リミフィニア様が大きく弾んだ声を出す。

心から幸せそうな笑みを浮かべながら、ヴォルフ様の腕をがっしりと抱いて放そうとしない。

ここは魔王城別荘の城下町。

魔族領特有の毒々しい瘴気《しょうき》が空を覆い、空の色は黒く淀んでいる。

背の高い堂々とした城がすぐ傍らにそびえ立っており、そのお膝元で多くの魔族の方々が活気のある生活を営んでいる。

今日はバッヘルガルン王家と魔王家の交流一日目。

親睦を深めるため、魔王家の案内で、魔王城別荘の城下町を観光するというイベントが開かれていた。

これには魔族と人族がお互いの文化を理解し合うという、とても重要な意味があり、今後の両者の関係を左右する大事な一歩目なのであった。

……なのだが。

「だからわたくしは命を助けてくださったヴォルフ様のことを、心の底からお慕い申し上げているのです～っ！」

「姫様っ！　リミフィニア姫様！　そんな男からは離れてくださいっ……！」

「………」

全く別方向からトラブルが生じていた。

リミフィニア様が、三年前の出来事を詳《つまび》らかにした。

彼女とヴォルフ様が、以前に繋《つな》がりを持っていたという意外な事実が明かされ、一国の王女様の恋という、特大ゴシップが露わになってしまった。

「な、なんてことだ……」

「これは、まずいのではないか……？」

皆、唖然《あぜん》とさせられている。

お姫様が、元魔王軍大隊長に熱烈な恋をしているのである。

絶対に離すまいと、男性の腕を強く抱いて体を寄せるリミフィニア様の様子を見て、王家の方々は皆額から汗を垂らしている。

「リミフィニア姫様！　ダメでございますっ！　そんなことは国王であるお父様がお許しになりませんよっ……!?」

「なんであなたがそんなこと決められるのです！　ブライアン！　わたくしはもうヴォルフ様の傍《そば》を離れませんっ！」

「姫様ぁぁっ！」

王族親衛隊隊長のブライアン様が苦言を呈するけれど、リミフィニア様は全く動こうとしない。

どこの馬の骨とも分からない男に、王女様が抱きついているのである。護衛の意味でも、外聞の意味でも、王族親衛隊隊長の彼からすると頭が痛いだろう。

しかし、この場で一番困惑しているのは王家の皆様ではなかった。

「……一体どうなっているんだ？」

目を丸くして呆然《ぼうぜん》としているのは、当事者であるヴォルフ様だった。

「リ、リミフィニア様、離れてください……」

「嫌です！　ヴォルフ様はすぐ、どこかわたくしの目の届かないところに行ってしまいますから、わたくしは心配なのです！」

「いや、その……ええっと……」

リミフィニア様に抱きつかれ、ぎこちなく体をギクシャクとさせている。

二人の身長には大きな差があった。

ヴォルフ様は19歳、リミフィニア様は12歳である。

元よりヴォルフ様は普通の人よりずっと体格が良く、大人と子供以上の差が二人の間にはあった。

力ずくで振りほどこうと思えば簡単にできるのだろうけど、小さな女の子にそれをするのは気が引けるのだろう。ヴォルフ様は為《な》す術《すべ》もなく、彼女に抱きつかれたまま動けないでいた。

そうしていると、第一王子のアンゼル様が怒り顔でヴォルフ様に詰め寄った。

「貴様っ！　今リミフィーが言ったことは本当なのか……!?」

「いや、事実としてはそうなのですが……恋とかは、俺にはよく分からなくて……」

頭を抱えているのはヴォルフ様の方だ。

「もしかして、リミフィニア様の恋心に気付いていなかったのですか？」

「いや、だって、俺はただ悪い奴に捕まっていたこの子を保護しただけで……えぇっ？」

鈍感である。

十分過ぎるほど恋が生まれるシチュエーションではないか、それは。

「だっはっはっは！　バカみてーなことになってんな！　ヴォルフ！」

「でひゃひゃひゃひゃ！　その絵面、犯罪っぽいぞ、お主！」

カイン様とクオン様が腹を抱えて笑っている。

「う、うるさいっ！　お前らは黙ってろ……！」

無関係な人間は気楽なものである。

王家の皆様が胃を痛めていることなんか気にせず、友人が困り果てているこのゴシップネタを心から楽しんでいた。

「まさかヴォルフがロリコンだったとはなぁ〜！」

「ち、違う！　俺は一切やましい気持ちは抱いていないっ……！」

「熟女好きは法には触れないがロリコンは法に触れる可能性があるって、配下のケルベロスが言っとってのぅ〜！」

「それこの前聞いた！」

二人がめっちゃからかう。

恋愛のゴシップネタは最高の娯楽。

その文化は人族も魔族も同じらしく、ムカつくほどニヤニヤと笑みを顔に張り付けて、カイン様とクオン様は楽しげに、ヴォルフ様をおちょくって遊んでいた。

「ロリコン！」

「ロリコン！」

「ロリコンっ……！」

「違うって言ってるだろっ……！」

共通の楽しみを見つけ、今まさに人族と魔族の絆《きずな》が深まっている。

ここに両者の親交はより深まった。

「リミフィー」

「シルファお姉様……」

その時、シルファ様がリミフィニア様にゆっくりと近づいた。

身を少し屈《かが》め、目の高さを妹と同じに合わせて、声を掛ける。

「良かったな！」

「はい！」

「姉ならこの子を止めてくれ！」

シルファ様は自由恋愛容認派だった。

認められては困るのだと、ヴォルフ様が泣きそうな声を上げている。

「リミフィーを泣かせたら承知しないぞ、ヴォルフ殿？」

「違う違うっ！　泣きたいのは俺だ！　俺とこの子は全くもってそういう関係ではない！

勝手に話を進めないでくれ！」

再会からたった数十分、早くも外堀が埋められてゆくヴォルフ様であった。

「僕は認めないぞぉっ……！」

「わっ!?」

その時、横から大きな声を出す人がいた。

第一王子アンゼル様だ。

「リミフィーっ！　どこの馬の骨とも知れない男に靡《なび》いてはいけない……！　僕たちは伝統ある王家の生まれなんだ！　恋人や伴侶に家柄や品格が求められるのは当然のことなんだぞっ……!?」

「そうです！　もっと言ってやってください！」

兄のアンゼル様は猛反対の様子だった。

先ほどまでの凛《りん》とした口調を崩してまで、妹の恋に異を唱えようとしている。そしてなぜか真っ先に賛同したのが、反対されている方のヴォルフ様であった。

リミフィニア様がむすっとする。

「そういうことを言うお兄様、キライです」

「ぐっはあああああああああああああぁぁぁぁぁぁぁぁぁっ……！」

「アンゼル様ーーーーーっ！」

妹の情け容赦ない一撃に、彼は血を吐いて地面に倒れ伏してしまった。そして伏したまま、ビクンビクンと痙攣《けいれん》し始める。

第一印象はとても凛とした大人っぽい人だったというのに、こんなにも残念なことになってしまった。

「おもしれーやつ」

「カイン様、その感想はあまりに無礼では……？」

カイン様がからからと笑い、私は心配になる。

アンゼル様は可哀想な人であった。

「リミフィニア様、真面目に考えてください。俺なんかに好意を抱いているのは何かの気の迷いです。ちゃんと一回落ち着いて話し合いましょう？」

「そんなことありません！　わたくしはヴォルフ様のことを心の底から愛しています！」

「……取りあえず腕を離していただけないでしょうか？　このままでは歩きにくい」

「いやです！」

彼女の「愛しています」の言葉に反応して、アンゼル様の血走った眼がヴォルフ様に向けられた。

「……貴様」

「俺は何もしてないっ……！」

なぜ俺が睨《にら》まれなければならないのだ！　と彼は愚痴をこぼさずにはいられなかった。

「ロリコン！」

「ロリコン！」

「やめろぉっ……！」

自分の言い分を皆様に納得させられる力を、今のヴォルフ様は持っていない。

事態の収拾をつけられぬまま、彼は周囲からからかわれ、アンゼル様から殺意のこもった眼で睨《にら》まれ続けていた。

「遊んでばっかいないでそろそろ進むぞー」

「俺は悪くないっ！」

元魔王クオン様に促され、王家の人たちも渋々彼女の後ろに付いていく。

まだまだ苦言を言い足りなそうな顔をしているが、同盟相手のリーダーが先に進むというのなら、それに従うしかない。

いつまでも身内の問題にかまけているわけにもいかなかった。

「ヴォルフ様、魔王城の観光、一緒に楽しみましょうね！」

「なんでこんなことにっ……！」

交流会だったはずの今日のイベントは、二人のデートと化してしまうのであった。

メイド服姿のクオン様が皆を引き連れ、魔王城別荘の城下町を歩き回る。

太陽の光が十分に届かない薄暗い町の中に、仄《ほの》かな明かりが無数に並べられている。

世界の闇を邪魔しない程度に、光量が抑えられたたくさんのランプが淡く赤い光を放っていた。

城下町の文化レベルはとても高かった。

インフラが整っており、町全体がとても綺麗《きれい》である。道幅は広く、背の高い建物が計画的に建てられており、視察するだけでこの町の住みやすさが分かる。

町の中を歩く種族が多種多様であるのも、人族領にはない特徴だった。

オークにリザードマン、触手がたくさん生えたなんかよく分からない種族など、様々な姿形をした魔族の方々が街を闊歩《かっぽ》していた。

「町がとても整備されておりますね。ここまでインフラを整えるのは、我らの王都でも至難の業でしょう」

「わらわたち魔族は魔法技術が高いからのぅ。それを日常の技術に活かしておるのじゃ。労働力の数は常に足りないが、小さくまとまっていて高品質なものなら、魔族の得意とするところじゃな」

「なるほど、勉強になります」

クオン様と国政について話をしているのは、アンゼル様であった。

さすがは国王に信頼されている特使である。魔族領の視察としての役目をきっちり果たし、なおかつクオン様との親交を深めている。

人族側としては、彼を信頼すれば安泰の様子だった。

……ただ、先ほどリミフィニア様から言われた『キライ』の言葉がまだ効いているのか、アンゼル様の顔が若干青かった。

「くふふ、それにこんなことで驚いてもらっては困る。この町は代々続く魔王家の保養の地。娯楽設備がたくさん整った最高の観光名所なのじゃっ……！」

クオン様が邪悪そうな笑みを浮かべながら、全く邪悪ではない真っ当な自慢話をする。

「ほれ！　着いたぞ！　ここが今日の最初の目的地！　『動物園』じゃっ……！」

「おぉっ……！」

大きなゲートにカラフルな看板。

最初の視察予定地、たくさんの動物が観覧できるという『動物園』に辿《たど》り着いた。

「おぉっ……！」

「これは、すごい……！」

人族の皆様が驚きの声を上げる。

玄関ゲートの向こう側に、多種多様な動物の姿がちらりと見えた。

広い公園の中が柵でゾーニングされており、ゴリラやシマウマ、キリンなどの珍しい動物の姿が確認できる。

しかし、ここはまだ玄関ゲートの手前。

動物園の中に入ってもいない。

この奥にはもっと珍しい動物がたくさんいるのかもしれない。そう思うと、胸の内のワクワクが高まっていった。

「人族領にはこういった動物園がないと聞いたのじゃが？」

「……ええ、そうですね。珍しい動物が見られる場といったら、移動式のサーカスぐらいでしょうか。それか小規模の見世物小屋か……。どちらにしろ、これほどまでに大規模で多品種の動物が見られる場はございません」

アンゼル様がクオン様に答える。

パンダとかキリンとか、存在は書物の中で知っていたけど、実物を見るのは初めてだ。当たり前である。遠い国の限られた地域にしか住んでいない珍しい動物を見る機会などあるものか。

「ふふーん！　そうかそうか！　この動物園は珍しいか！　まぁ、この規模の動物園は魔族領内でも珍しいものではあるのだがな！　そうかそうか！　この動物園にびっくりしているか！　ふっふーん！」

クオン様が分かりやすく鼻高々になっていた。

だがこの動物園は本当にすごい。彼女が自慢したくなる気持ちもよく分かる。魔族が有する技術や文化の高さはやはり侮れない。

魔族領城下町の視察はとても有意義なものになりそうであった。

「動物園は広い。いろいろ見て回るぞ。入口でたむろしてないで付いてまいれ！」

意気揚々とクオン様が前を歩き、動物園の玄関ゲートをくぐろうとする。

……と、その時だった。

「グッボオオォォォッ……!?」

玄関ゲートのフェンスが勢いよくガシャンと閉まり、前を歩いていたクオン様がそれに激突する。彼女の無防備の腹部にフェンスが当たったので、変な悲鳴と共に地面に転がり、のたうち回ることになった。

「…………」

……え？　なに？

何が起こったのかよく分からず、私たちはぽかんとする。

目の前にあるのは、痛みに体を震わせながら地に倒れているクオン様の姿だけである。

「あ～、何しているんですか、お客さん……」

すぐに、熊のような姿をした動物園の職員の方が駆け寄ってきた。

「まずはあちらでチケット買ってくださいよ。お金払わないと入れませんよ？」

「いやっ!?　わらわ魔王なんじゃが!?　顔パスじゃろ、顔パスっ！」

クオン様ががばっと顔を上げて、職員の方に怒鳴り声を上げる。

しかし、熊のような彼は全く動じなかった。

「いや、今まで顔パスなんてしたことないでしょ。お金払ってくださいよ。うち潰れちゃいますよ」

「ぐぬぬぬぬ……」

職員の方の正論に敗れ、クオン様は自分の財布から金を出した。

「ねぇ、クオンのやつ、口論で負けたわよ？」

「なるほど、確かに文化レベルが高い」

「独裁者には屈しないという、市民の声が聞こえてくるようだね」

カイン様たちが感心する。

やはりこの城下町は秩序が保たれていた。この動物園の中では、魔王の力より園内の法が優先される。横暴な魔王の権力に屈しないとする気構えが垣間見《かいまみ》えた。

確かにこの町から学べることは多そうだ。

「変なところで魔族の文化に感心すなっ！」

まだ痛むお腹を押さえながら、クオン様が恥ずかしさで顔を真っ赤にしていた。

「それにしても、相変わらずクオン様威厳ないですねぇ」

「そうだな」

「うっさい！」

気を取り直して私たちは動物園の中に入る。

「おおぉっ……！」

「いいですねっ！」

賑《にぎ》やかな広場が目の前に広がっていた。

園内は想像以上に広く、入口から見える動物など全体のほんの一握りにすぎなかった。すぐそばに設置されているカラフルな園内の案内図が、それを教えてくれている。

匂いの中に普段嗅ぎ慣れない獣臭さが混ざっているが、それすらもワクワク感を高める要素になっていた。

広々として、穏やかな空間が見事に作り出されている。柵の中にいる動物たちも窮屈そうではなく、心なしかリラックスしているように見えた。

「ヴォルフ様！　ヴォルフ様！　パンダ！　あそこにパンダがいますよっ！　すごいです！　見に行きましょっ……！」

「わっ、引っ張らないでください、リミフィニア様……」

リミフィニア様が、ヴォルフ様を急《せ》かして駆けていく。

お二人の雰囲気が、本当にただのデートと化していった。

彼女は驚きと興奮によって、これが視察という仕事であることを若干忘れてしまっている様子だった。

ただ、リミフィニア様が興奮するのも分かる気がする。

普通に生活をしていたら一生お目にかかれないような珍しい動物たちが、ここに集められているのである。

この場にいる皆様も、多かれ少なかれ興奮していた。

「動物園は広い。止まっていないでいろいろ見て回るぞ。わらわに付いてまいれ」

クオン様に連れられ、私たちは園内を回る。

シマウマやカバ、コアラなど、園内を歩くだけでたくさんの動物と出会える。

最も年の若いリミフィニア様が一番楽しそうに、小走りになってキャッキャとはしゃいでいた。

なるほど、確かにこの動物園は凄《すご》い。

私たち人族の国にも作ることができたら、とても人気を博するだろう。経済的にも大きなメリットがありそうだ。

多分王家の方たちは、自分の国でこの動物園を作れるようにするためにはどうしたらいいか、頭の中で必死に考えているところだろう。

「…………」

ただ、動物園という場に少し慣れてくると、園内の妙な存在に気が付く。

「カイン様、あれ……」

「あぁ……俺もなんだかな、って思ってた……」

ある柵の中に馬がいる。

牧草が生い茂る柵の中で、数頭の馬がのんびりとしている。

それはいい。それは特段おかしなことではない。

「…………」

ただ、その馬の世話をしているのが、魔族のケンタウロスだった。

上半身が人間の姿、下半身が馬の姿の、半人半獣の怪物。それがケンタウロス。

心を込めて馬の毛並みを整え、丁寧に柵の中を掃除している。

馬のような生物が、せっせと馬の世話をしているのだ。

「……クオン、あのケンタウロスは？」

「ん？　あれは職員じゃな」

「職員……」

カイン様の眉間に皺《しわ》が寄る。

「俺らにとっては、馬よりケンタウロスの方が百倍珍しいんだが……」

そうである。

馬なら人族領にもたくさんいる。しかし、魔族であるケンタウロスに出会うことなどあり得ない。

園内の動物よりも職員の方が珍しいという、謎の現象が起こっていた。

「安心せい。魔族にとっても、馬よりケンタウロスの方が珍しい」

「そうなの？」

クオン様がしみじみと語る。

「職員を見に来るという客も多いんじゃ、けっこう」

「それでいいのか、動物園」

「あべこべですね……」

他にも牛の世話をするミノタウロスとか、蛇の飼育をするメデューサなど、動物園内は奇天烈《きてれつ》な様相を見せている。

魔族は、人族よりもずっとずっと種族が多い。

ほぼ人間のみで構成される人族とは違い、魔族は鳥型の怪物、魚型の怪物、植物系の怪物など、とにかく種族数を数えようとしたらキリがない。

だから、魔族内でも珍しい種族やよくいる種族など、千差万別であるとクオン様から聞いていたのだが、そんな魔族事情が動物園を通して垣間《かいま》見《み》えた。

「馬の体調が悪い時とかは、代わりにあのケンタウロス自らが柵の中で生活して、客の相手をしたりするのじゃ」

「なんじゃそりゃ」

「そっちの方が客の受けが良かったりするらしいから、困ったものじゃ」

もう職員さえいれば、動物は要らないのではないだろうか？

なんだか動物園というものが分からなくなってきた。

そんなふうに困惑しながら馬を眺めていると、件《くだん》のケンタウロスがこちらに気付き、私たちの方に近づいてきた。

「僕は見世物ではありませんよ」

柵を隔てて、ケンタウロスに声を掛けられた。

「動物園の動物に絡まれた……」

「お久しぶりです、魔王様」

「うむ、スバシーノ。息災《そくさい》のようでなによりじゃ」

「ありがたいお言葉感謝します」

クオン様の知り合いだった。

「なんでケンタウロスが馬の世話をやってるんだ？」

「なんでって……、仕事ですから」

「うん……」

カイン様が質問するが、そう言われたらこちらからは何も言えなくなる。

別に入り組んだ複雑な事情とかはなさそうだった。

「久々にアレが見たいの。ほら、お主の玉乗り芸がのぅ」

「あー、今は職員として働いていますので……、芸をやるためにはちょっと準備が必要なのですが……」

「あー、よいよい。急にムリを言った。また今度でよい」

「恐縮です」

ケンタウロスさんが小さく頭を下げる。

「このケンタウロスさん、芸もやるのですか?」

聞いてみる。

「まぁ、馬の代わりに柵に入っている時は、客に見られるのが仕事ですからね。ただ突っ立っているより芸を披露した方が喜ばれます。知性の低い動物には難しいことなので」

「ここの職員って大変そうですね……」

動物の世話が仕事のはずなのに、多芸を求められていた。

「今こそ殊勝な態度でおるが、このケンタウロスは問題児じゃ。こやつ、園内のたくさんの牝馬《めすうま》に手を出して、不倫騒動を起こして馬のコミュニティに亀裂が入ったのじゃ。めちゃくちゃになって大変だったと聞いておるの」

「あ、バラさないでくださいよ、魔王様」

「ははは……」

乾いた笑いしか出てこない。

動物の姿形をした魔族でしかありえない事情だろう。なんで動物園の動物と痴情のもつれが発生しているのか。

カイン様の表情もぎこちなく、困惑を隠せないようだった。

「じゃあの、真面目に仕事せぇよ？」

「言われなくてもやりますよ」

ケンタウロスさんとお別れして、先へ進む。

「なんだったんだ、アレ……」

「さぁ……？」

動物園ってこれが普通なのだろうか？

いや、そんなことないように思える。

私たちは、少し奇妙な動物園を見て回っているのだ。

だがなんだかんだ言って、この動物園は娯楽施設としてとても質が高かった。清潔で、園内を歩いているだけでとても心地よくなってくる。

魔族領特有の薄暗さはあるものの、慣れてしまえば明かりに照らされた夜の公園のようで、ムードさえ感じるほどである。

さすがは魔王自慢の動物園だ。

普段出会うことのない動物たちを観覧できるのは、想像以上に楽しいものであった。

「あっ……！　あれはっ……!?」

そんな中、クオン様が突然立ち止まり、叫び声を上げた。

「エ、エンシェントドラゴンじゃぁっ……!?」

驚いて目を見開き、大声を発する。

彼女の視線の先には、とてつもなく大きな身体のドラゴンがいた。

「なにっ……!?　エンシェントドラゴン!?」

「この動物園にエンシェントドラゴンがいるっていうの……!?」

カイン様たちも驚き、身を強張《こわば》らせる。

皆様の間に緊張が走る。

エンシェントドラゴン。

それは強力なドラゴンの中でも最強の種といわれ、その存在は伝説の中で語り継がれるほど希少であった。

風格のある灰色の竜鱗《りゅうりん》、威厳に満ちた大きな目、世界の果てまで飛べそうな大きな翼。

迫力のある古《いにしえ》のドラゴンが、堂々とその場に佇《たたず》んでいた。

「これが……」

「エンシェントドラゴン……」

最強の竜の姿を見て、カイン様たちが熱い吐息を漏らす。

カイン様たちは今までの戦いの中でドラゴンとも戦い、勝利したことがあるという。

しかしドラゴンの中で最強といわれるエンシェントドラゴンとは、遭遇したことすらないらしい。

会ったとしても勝てるかどうか分からないと、以前言っていた。

未《いま》だ出会ったことのない『最強のドラゴン』を前にして、カイン様たちの額から一筋の汗が垂れる。

「す、すごいっ！　この動物園にエンシェントドラゴンがいるなんて……！」

「しゃ、写真撮らなきゃ……！」

周りにいる客の皆様もそのエンシェントドラゴンさんの存在に興奮している。何度も何度もカメラを向け、その神々しい姿をカメラに収めている。

エンシェントドラゴンさんは、この場にいる全ての者の注目を集めていた。

だけど……。

「……あのドラゴンって、お客さんの方ですよね？」

「うむ、そうじゃな。この動物園を見に来たお客さんじゃ」

エンシェントドラゴンさんは、悠然と柵の中のライオンを眺めていた。

親子連れなのだろう。数頭のドラゴンが仲良くライオンを見て動物園を楽しんでいる。

見られているライオンさんの方が困惑している感じだった。

「ライオンよりも、あのエンシェントドラゴンの方が珍しいと思うんだが……」

「うむ、わらわにとっても伝説級に珍しい存在じゃな」

「えー……」

カイン様の問いに、クオン様が肯定する。

動物園の展示動物より、客の方が注目を集めるという変な状況が発生していた。

その後、エンシェントドラゴンさんは普通に動物園を楽しんで、そのまま普通に家へと帰っていく。

今日、動物園で一番お客の注目を浴びたのはパンダでもキリンでもなく、動物園を訪れた一般客であった。

「……動物園ってこれが普通なんですかね？」

「分からん……」

カイン様と一緒に首を捻《ひね》る。

動物よりも職員やお客さんの方が物珍しいのが動物園の普通なのだろうか？

なんだか腑《ふ》に落ちないまま、動物園の視察は終わりを迎えるのであった。

動物園を離れ、私たちは次の目的地へと向かう。

「さて！　お次は映画館じゃっ……！」

クオン様に連れられ、次は『映画館』というものに足を運んだ。

そこでも私たちは特別な経験をした。

「おぉっ……!?」

「写真が、動いているっ……!?」

この城下町には『映画』という文化があった。

スクリーンに映された大きな写真が、まるで現実のようにゆらゆらと動いている。写真の中の登場人物が自由に躍動し、一つの物語を作ってゆく。

さながら演劇の舞台を見ているようである。

こういった動く写真のことを動画とか映像と呼び、それで作られた物語作品を映画と呼ぶらしい。

私たち人族の文化に写真を撮る技術は存在するけれど、動いている現実の様子を保存する技術はなかった。

「これも魔法技術が優れているために作られた代物じゃな。わらわたち魔族の中で、映像を保存する特殊な魔法クリスタルが、最近開発されたのじゃ。映画はそれを利用した芸術作品じゃな」

「なるほど……」

「映画、すごいですね……」

皆が食い入るようにして映画を鑑賞する。

人族にはない文化だ。

これを人の世にも広めることができたら――皆がそんなことを考えながら、この魔族領視察に確かな手ごたえを感じていた。

「わっはっはっ……！　すごいじゃろ！　どーじゃどーじゃ！　魔族の持つ凄《すさ》まじい技術に恐れ入ったか!?」

『魔王様、他のお客様のご迷惑になりますので、映画は静かにご鑑賞ください』

「あ、すいません……」

映画館のスタッフに怒られていた。

やはり秩序が保たれている。

魔王といえど、横暴な振る舞いは許さないという信念が、ひしひしと伝わってきた。

ただ、この映画の技術は本当に凄《すご》い。原理としては、写真を連続で映し出しているだけらしいのだが、静止画でなく動画で現実の光景を記録できるとなれば、現実のあらゆることが便利になっていくだろう。

様々なことに応用できる技術だと、心から思った。

「しかし……」

そんな中、しかめっ面のカイン様が小さく呟《つぶや》く。

「映画の技術は凄いが、俺たちは一体何を見せられているんだ……？」

「それ、あたしも思った」

彼に同調して、レイチェル様も不満そうに口を尖《とが》らせる。

どうやら映画の内容に不満があるようだった。

「ゴブリンとオークの恋愛物語なんて……どう反応すりゃいいのよ」

「ほんと、それな……」

目の前に映し出されているのは、種族の垣根を越えたゴブリンとオークの、熱い恋愛物語の作品だった。

緑色の肌をした小鬼のゴブリンが、大きな体のオークに愛を囁《ささや》く。やがてオークも情にほだされ、ゴブリンの想いに応えるようになっていく。

「………」

皆、映画の技術に感動して興奮していたのだが、物語が進むにつれ、困惑の気持ちが強くなっていく。

この恋愛物語は一体何なんだ……。

皆、真顔になっていく。

モンスター同士の恋愛に全然感情移入ができなかった。

「な、なんじゃ……？　映画の内容が気に食わんのか？　さっきまであんなに『映画凄《すご》い！』ってはしゃいでおったではないか……？」

私たちの渋い反応を見て、クオン様がうろたえ始める。

どうやら彼女は、この映画が変であるとは思っていないらしい。

「いや、だってさ……人間以外のモンスターの恋愛を見せられても、こっちとしては、うーん……って思うしかないというか……」

「む？　そういうものかの？　ゴブリンとオークの恋愛も、内容さえ良ければ別に良いと思うのじゃが？」

皆の思いを代弁したカイン様に対して、クオン様が本当に分からないというように首を傾《かし》げる。

どうやら、根本的な価値観の違いがあるようだった。

「……きっとあれじゃな。わらわたち魔族は生まれた時からたくさんの種族がごっちゃになって生活しておる。人族の世はほぼ人間のみがメインとなって動かしておるのじゃろ？その差ではないかの？」

「あー……」

お互い渋い顔になる。

様々な姿形をした多種族の中で生きている魔族は、別の種族の恋愛模様に始めから抵抗がないのだろう。しかし、私たちの世界で恋愛感情をもつのは、ほぼ人間だけだ。

そりゃ犬や猫も恋をするだろうが、その感情は人間にはよく分からない。

『君の緑の肌はいつも美しいね。愛してるよ、マイハニー』

『私もよ、マイダーリン』

そんな台詞《せりふ》を言いながら、ゴブリンとオークが熱いキスをする。

「…………」

「…………」

それを見せられても私たち人族は全く心を動かされない。むしろどんどん気持ちは冷めていくばかりで、皆死んだような眼をしながら映画を眺めていた。

『ゴブリンの小さな体がとってもキュートよ、ダーリン』

「くっ……、胃がムカムカしてきたわ……」

「耐えるんだ、耐えるんだよ、レイチェル……」

ついに拒絶反応を示す人さえ現れた。

人族と魔族の間には大きな価値観の違いがあることを、一本の映画が浮き彫りにしてしまったのだった。

『ねぇ、きて……？』

艶《なま》めかしい声を上げながら、オークがベッドに横たわって、ゴブリンを誘う。

頬は赤く、いや緑色で、衣服ははだけて煽情的《せんじょうてき》な様子を見せている。ゴブリンが小さく息を呑《の》み、緊張しながら衣服を脱ぐ。

そして二人はベッドに横たわり……。

「わぁっ！　ベッドシーン！　ベッドシーンですよ！」

気が付いたら、私は声を上げていた。

ドキンドキンと胸が高まり、艶めかしいシーンについ興奮してしまう。

なるほど！

映画とは素晴らしいものだ！

間《ま》やアングルを工夫したり、BGMを効果的に用いることで、夜のシーンをより煽情的に演出することができる。

臨場感がすごい！　ゴブリンとオークがベッドの上で愛を囁《ささや》き合っている！　まるで二人の息遣いまで聞こえてくるようだ！

この映画の技法を高め、よりエッチに仕立て上げたら、一体どうなってしまうのか!?

映画の持つ可能性に、私は感動で打ち震えていたのだった！

「リズ、お前……」

しかしそんな私に、仲間の皆様が冷ややかな視線を向けていた。

「ついにゴブリンとかにまで劣情を覚えるようになってしまって……」

「リズ、戻ってこい。それはさすがに人としてまずい気がする」

「はっ……!?」

カイン様たちの呆《あき》れた声を聞いて、我に返る。

「私は一体何を考えてっ……!?　映画を何に利用しようとして……!?」

「………」

「ち、違うんですっ……!　私はそんなことを考える人間じゃないんです!　映画をエッチなコンテンツに利用しようなんて……!　い、今の煽情的《せんじょうてき》なシーンが悪いんです!　普段の私はもっと健全な人間なんですっ……!」

「いや、そんなことより、今のシーンで興奮できたお前が怖い」

「ゴブリンとオークに興奮するんじゃないわよ、バカタレ」

「あれー?」

私はもっと根本的なところを怒られていた。

なんだかやるせない気持ちになった。

それと、どうやらこの作品は一般向けだったらしく、ベッドシーンは本番の直前で暗転して、すぐに朝の光景に切り替わる。

そこに、私はなんだか少し寂しい気持ちを覚えてしまう。

そうして映画が終わりを迎え、エンドロールというものが流れ始める。そんな感じで、映画鑑賞の視察も終わりを迎えるのだった。


映画館から出て、体をぐっと伸ばす。

皆、思い思いに映画の感想を語り合っていた。映画の内容よりも、映画という技術そのものに対して意見が交わされる。

長時間座り続けたために体が凝り固まってしまったが、一つの作品を見終えた後のこのストレッチはなんだか特別心地よい。

人族の世界でも映画が作られれば、きっと流行《はや》るだろうと思う。

「映画、とっても凄《すご》かったですねっ！　ヴォルフ様！」

「ええ」

リミフィニア様がヴォルフ様に近づき、人懐っこい笑みを浮かべる。

映画を観た後で感想を語り合うその様子は、まるで本当に普通のデートであるかのようだ。演劇の終わりにも似たような光景を見ることがある。

リミフィニア様がもじもじとしながら喋《しゃべ》る。

「その……わたくしとヴォルフ様も……あの映画のように熱い恋愛ができたらなって……そう思いませんか？」

「えっ？　あのゴブリン映画を見てそんなこと思ってたのですか？」

「……さすがにあの映画じゃムリがありましたか」

彼女は苦々しげな顔をした。

リミフィニア様はヴォルフ様を落とそうと口説き文句を口にしたが、映画の内容がアレだったために狙いが外れてしまったらしい。

彼女のアプローチは空振りに終わってしまった。

「リミフィニア様……」

彼女はそんな策略を頭の中で描いていたようだが、ヴォルフ様が真剣な表情で、彼女に向き直る。

少し様子の変わった彼に、リミフィニア様がはっとした。

「早いうちにはっきりと申し上げておきます。俺にアプローチをしても無駄です。俺にその気はないですし、どちらにせよ、俺はあなたの想いに応えるわけにはいきません」

「え……？」

彼の口から語られたのは拒絶の言葉だった。

リミフィニア様の瞳を真っ直ぐ見ながら、言葉を紡ぐ。

「まず身分が違いますし、自分には学もありません。それに俺は以前、魔王軍に所属していた経歴もあります」

「………」

そう語りながら、ヴォルフ様は右手を胸の前にもっていき、その手に魔力を込める。するとどす黒い闇の力が湧き上がり、周囲の者を震えさせた。

ヴォルフ様は魔王軍に身を置き、この漆黒の力を手に入れた。それは人の力というより、魔族の力に酷似している。

人間離れしていることを意味していた。

「周りの者が納得するはずありません。俺は全くもってあなたにふさわしくない」

「そ、そんなことありませんっ……！」

彼の禍々《まがまが》しい力と真剣な眼差しに気圧《けお》されながら、それでもリミフィニア様は必死に否定する。

しかし、周囲は彼女の味方をしてくれなかった。

「その通りだ！　お前のようなどこの馬の骨とも知れん男にリミフィーはやれん！　王家は認めないぞ！　少なくとも僕は絶対に許さないからなっ……！」

「お兄様っ……！」

第一王子アンゼル様が大声で言いながら、二人の間に割って入る。

王族としての威厳をかなぐり捨ててまで、妹の恋路を邪魔する。

「私も同意見です。リミフィニア様、殿下は責任ある立場なのですから、自由な恋なんてできるはずがありません。ましてやこの男には地位も名誉もない。あなた様と結ばれる道理はありません」

「ブライアンまで……」

王族親衛隊隊長のブライアン様も彼女に苦言を呈す。

リミフィニア様に味方をする者はいない。なぜなら、今二人が言ったことの方が一般的な意見だからだ。

王族の結婚相手には身分や地位が必要。

そんなことは言うまでもない、当たり前のことだった。

「そんなこと……ないですもん……」

リミフィニア様が俯《うつむ》き、口を尖《とが》らせる。

否定の言葉を口にするけれど、その声は弱々しく、目には少し涙が滲《にじ》んでいた。

「……クオンさん、先に行こう」

ヴォルフ様がリミフィニア様から離れ、クオン様に先へ進むよう促す。

「良いのかのぅ？」

「いいんだ」

はっきりとした口調で、ヴォルフ様が迷いなく返事をする。

それはまるで、訣別の言葉のようだった。

「…………」

クオン様を追って、皆様が移動を始める。

シルファ様だけがリミフィニア様の横に立って、俯く彼女の頭を優しく撫《な》でていた。

そして、私たちは今日最後の視察の場所を訪れる。

「やっほーい！　温泉だわーっ！」

レイチェル様が熱いお湯の中にドボンと飛び込んだ。

水飛沫《みずしぶき》が立ち、彼女の体がお湯に沈む。

ここはクオン様自慢の温泉複合施設であった。温泉をメインとし、その建物の中に食事やマッサージができる場所など、リラックスするためのお店が一通り揃《そろ》っているらしい。

この施設を『スーパー銭湯』と言うようだ。

『スーパー』って、なんか名前の付け方が安直な気がした。

「レ、レイチェルさん！　そのその、お湯に飛び込むのはマナー違反ですよ……！」

「固いこと言ってるんじゃないわよ、メルヴィ。ほれほれ」

「わわわっ！」

レイチェル様がメルヴィ様にばしゃばしゃとお湯をかける。

熱いお湯が彼女の白い肌にかかり、メルヴィ様はぴくんと体を強張《こわば》らせた。

「やれやれ、騒がしいものじゃな。温泉とは静かに、心安らかに楽しむものであってじゃな、あ゛あ゛あ゛あ゛あ゛あ゛あぁぁぁぁぁ……」

「ははっ、年寄りくさい声が出てたぞ、クオン殿」

「うっさい、黙っちょれ」

この温泉施設はクオン様のお気に入りの場所らしい。ここに来れば、結構な頻度で魔王様に会えるんだ、とお客の一人が言っていた。

ちょっと前まで私が思い描いていた魔王像というのが、最近粉々に砕かれている。

「あ゛あ゛あ゛あ゛あ゛あぁぁぁぁぁ……」

私も温泉に入る。

髪を結び上げ、お湯に体を浸けると、魂の奥底から漏れ出すような声が出た。白く濁った熱いお湯が体の中に染み入るようである。

温泉の熱に体がぶるると震える。湯を囲むごつごつとした岩に背中を預け、大きな吐息を漏らす。立ち上る白い湯気が肌を蒸らし、汗が滲《にじ》み出る。

最高に気持ちよかった。

「リズまでそんな年寄りくさい声を出して……」

「いや、ちょっ……これには理由があるんです、シルファ様」

隣で苦笑するシルファ様とリミフィニア様に、私は弁明する。

「最近筋肉痛が酷《ひど》くて酷くて……本当にお湯が体に染み入るように感じたんですよっ！」

「筋肉痛ですか？」

きょとんとした顔で、リミフィニア様が首を小さく傾《かし》げた。

そう、今現在私は筋肉痛に悩まされている。

『誰でもできる！　勇者式ブートキャンプ』とかいうふざけた特訓のせいだ。

昨日の朝練の筋肉痛は治っていない。治るはずがない。なぜなら昨日の放課後も厳しい特訓をしたからだ。

今日だって必死に筋肉痛の痛みを我慢していたのだ。

少しでも体を動かせば痛みが走るところを、王族の方々が来られるため、痛みが表情に出ないよう必死に耐えていたのだ。

今日、一番頑張っていたのは私と言っても過言ではない。

この視察の影の殊勲者は私であるのだ！

そんなボロボロの体に、この温泉は深く染み渡るようであった。

「リーズリンデ様は勇者様のチームの見習いに加わったとお聞きしました。お姉様の特訓は厳しいですか？」

「厳しい、なんてものではありませんよ、リミフィニア様。地獄、地獄です……。もう何度手足がちぎれると思ったことか……。多分私が行っているのは、人間用のトレーニングじゃないんです。このトレーニングを終えたら、私は恐らく化け物に成り果ててしまうんです。きっと……」

「へ、へぇ……」

リミフィニア様の質問に、私は早口でまくし立てる。

彼女のお姉様に関わることだからもっと柔らかい表現をしてもよかったのだが、あの苦しみの時間を生ぬるく伝えるなんて、私にはできなかった。

リミフィニア様の表情は強張《こわば》っていた。

そんな話をしていると、レイチェル様とメルヴィ様がカラカラと笑いながらこちらにやってきた。

「あはははっ！　リズは大袈裟ね！」

「ですです！　そんな大したものじゃないですよぉ！」

「実際『誰でもできる！　勇者式ブートキャンプ』はそこまでキツくないだろう？」

「…………」

「ひぃっ⁉」

「リズが怒った……！」

後で聞くと、この時の私は鬼のような形相になっていたらしい。

魂の奥底から殺気が漏れ出ていた。

「常識を失った、悲しいモンスターたちがよぉ……」

この怪物たちには人の心が分からないのだ。

「なぜだ……なぜ『誰でもできる！　勇者式ブートキャンプ』はそんなに評判が悪いのだ……全然売れなかったし……」

「ちゃんと初心者向けに作ったんですけどね……」

「大体、リズは共犯者の立場なのに……」

シルファ様たちが落ち込む。

だけど、あの特訓メニューがなぜダメなのか本気で分からない時点で、常識が狂っていると言わざるを得ない。

屈強な軍人さんさえ誰もこなせないトレーニングは、トレーニングとは言わない。

ただの地獄である。

レイチェル様が言った『共犯者』という単語は、私にはよく分からない。

「『誰でもできる！　勇者式ブートキャンプ』？」

リミフィニア様がぽかんとしているけれど、説明しない。

世の中知らない方が幸せなことはたくさんある。

「あ゛あ゛あ゛あぁぁぁぁ……温泉気持ち゛い゛い゛いぃぃぃぃ……」

そんなわけで、私は温泉を心の底から堪能していた。

「すっかり虜《とりこ》だな」

「私、しばらく魔王城に住もうかな……」

そして、この温泉に毎日通うのだ。

温泉自体は人族の世界にも普通にあるが、残念ながら学園街のそばには良い温泉が存在しない。

しかし空間転移陣を使えば、魔王城別荘と学園街の移動に時間なんてかからない。

毎日学校に通って、勇者様たちと特訓をして、その後魔王城に帰ってきてこの温泉に入るなんて、スケジュール的にはお茶の子さいさいである。

あああああぁぁぁぁぁ……。

私ここのヘビーユーザーになりそう……。

「ん……？」

そんな時、メルヴィ様が何かに気付いたように目を丸くした。

「バカな……わたしよりあります……」

「え……？」

メルヴィ様が恨みがましそうな声で言う。

体を小さくしながら、一心不乱にジトっとした目をとある箇所に向けていた。

それはお胸だった。

その目には女性としての怨念、嫉妬のような感情がこもっていた。

「え、ええっと……メルヴィ様……？」

「………」

お胸を見られていたのは、リミフィニア様である。

リミフィニア様はあからさまに困惑していた。自分の胸にドロドロとした熱い感情のこもった視線を注がれ、顔が強張《こわば》っている。

額から一筋の汗が垂れ、それがお湯にぱしゃっと落ちる。

しかし、メルヴィ様は意に介さない。強いプレッシャーを放ちながら、ただただじっとリミフィニア様のお胸を眺め続けていた。

「まだ12歳なのに……わたしよりもおっぱいがある……」

「え、えぇっと……？」

「なぜ世界はこんなにも不公平なのでしょうか……」

「………」

メルヴィ様が呪いのこもったような声で、世の不条理を嘆く。

世を憂う言葉は聖女らしいといえば聖女らしいのだが、今の彼女の悩みはもっと俗っぽいものであった。

正直、二人のお胸はそんなに大差ない。

どっちも「ちっぱい」だ。

しかしリミフィニア様はまだ12歳で、メルヴィ様は17歳だ。5年の差がありながら既に負けているとなると、確かに恨みたくなる気持ちも分かる。

どうしようもない悲しい現実に、なんだか私の胸まで痛くなった。

「え、えぇっと……メ、メルヴィ様もまだまだ成長いたしますよ、きっと……！」

「うがうがあああぁぁぁっ……！　ケンカ売っているんですかあああぁぁぁっ……！」

「きゃぁっ⁉」

苦し紛れに吐いたリミフィニア様の中途半端な慰めが、メルヴィ様を傷つけた。

「あなたはシルファさんの妹でしょ！　どう考えたってこれから成長するのはあなたの方じゃないですか！」

「す、すみません！　すみませんっ……！」

「この乳が……！　この乳が悪いんかっ……⁉」

「ひゃうっ！　ダ、ダメです、メルヴィ様っ……⁉」

「…………」

メルヴィ様が、リミフィニア様の乳をもぎ取りにかかる。

リミフィニア様から悲鳴が漏れた。

「日々、巨乳に囲まれてきたわたしの気持ちがあなたに分かってたまりますかっ……！　こんちくしょーっ！　こんちくしょォォォッ……！」

「ご、ごめんなさい！　だから離してくださいっ……⁉　ひゃんっ……⁉」

「…………」

この惨状を、誰も止めようとしない。

飛び火するのが怖いからだ。

「許さんっ！　許さんぞぉっ！　この屈辱、忘れはせんっ！　おっぱいの恨み、思い知れえっ……！」

「や、やめてください、メルヴィ様ぁっ……！」

「よこせよっ！　そのおっぱいよこせよっ……！」

「ひゃっ、ひゃあああぁぁぁっ……!?」

メルヴィ様が、おっぱいを狩る蛮族のようになっている。

血涙を流しながら、リミフィニア様を襲っている。

メルヴィ様は聖女の名に恥じぬ奥ゆかしい女性である。そんな彼女がこうも荒々しくなるとは、貧乳の恨みとは実に恐ろしいものである。

おっぱい狩りの野蛮人は非常に凶暴な性格をしていた。

「………」

ただ、その光景はとても美しいものだった。

温泉に浸かりながら、全裸の美少女二人が人目もはばからずスキンシップしている。

顔を赤らめ、水面を揺らしながら、熱い吐息を漏らしている。

くすぐったがっているような、でもどこか切なさを感じているような、何ともいえない表情はどこまでも美しい。

「…………」

な、なんだろう、この気持ち……。

お二人を見ていると不思議な気持ちになってくる。

混ざりたいような、ただこのままじっと眺めていたいような……。胸の内がだんだんと熱くなっていき、なんだか言いようのない炎がムラムラとしてくる。

心の中のおち○ぽがムクムクと……。

「って、私は何を考えているんですか!? 違います！ 私は清く正しい人間なんです！ 変なこと考えてはいけません！」

「ど、どうしたんじゃ？ リーズリンデ？」

急に大声を出した私に、クオンさんがびっくりする。

「し、静まれぇ……静まれぇ、私の右腕っ……！」

勝手に動きだした右腕を、左腕で押さえる。

この右腕がおっぱいを求めている……！ あのじゃれ合っている二人の「ちっぱい」を揉《も》みしだこうと、私の右腕が暴走しているっ……！
ダ、ダメだ、私っ……！
そんなことをしたら変態になってしまう！

私はエッチな子じゃないのだ！ お二人の「ちっぱい」を揉みしだいたり、そこに顔を埋《うず》めたいなどと考えてはいけないのだっ……！

「うおおぉぉっ……！　クールダウン！　私ぃぃぃっ……！」

「え、えぇ……？　なに？　怖いぃ……」

強靭《きょうじん》な意思を以《もっ》て、私は暴走した右腕を動かし、その右手で自分の頬を殴る。

鼻血が出るが、それが顔を殴ったせいなのか、それともお二人のちっぱいが戯れているところを見たせいなのか、判断できない。

「邪念撲滅！　邪念撲滅だあぁぁぁっ……！」

「怖いぃ……」

自分の頬を殴り続ける私に、クオン様がドン引きしていた。

「…………」

でもそれとは関係なく、この温泉のヘビーユーザーになろう。

私はそう決心した。

関係ない。

目の前で繰り広げられている美少女二人のスキンシップなど、全然全く関係ない。

ただ純粋に筋肉痛の回復のため、私はこの温泉にまた来ることを固く心に誓っていた。

「おっぱいよこせーっ！」

「ひゃっ、ひゃあぁぁぁぁぁんっ……！」

リミフィニア様が一際大きな声を上げる。

メルヴィ様は意外とテクニシャンであることが分かったのだった。


時刻としてはもう夕方が過ぎた頃となっていた。

魔族領特有の暗い闇に包まれるが、浴槽の周囲に配置されたたくさんの明かりが辺りを仄《ほの》かに照らしていく。

熱い水面が静かに揺れている。立ち込めた白い湯気が明かりの赤い光に照らされ、ぼんやりと淡く、光を拡散している。

皆様はもうすっかり温泉を堪能しきっていた。

肌が赤く上気し、はあぁぁっと体の奥底から漏れ出るような深い息を吐いている。

「あれ？　奥にまだ道がありますよ……？」

その時、リミフィニア様が何かに気付いた。

メルヴィ様にスキンシップされた直後はぐったりとしていたが、もう回復しており、新しく見つけた道に興味津々といった様子を見せている。

「道？」

「はい、行ってみましょう」

この温泉の奥に道がある？

まだ私たちの入っていない種類の温泉でもあるのだろうか？

じゃぶじゃぶとお湯をかき分け、リミフィニア様が温泉の奥の方へと進む。

「おいおい、リミフィー、一人で行くな。何かあったらどうする」

「リミフィニア様、お待ちを」

シルファ様とお付きの侍女の方たちが、慌てて彼女に付いていく。

彼女たちの姿は、すぐに温泉の湯気と夜の闇に紛れて見えなくなっていった。

「奥の温泉は、お主らにはあまりオススメせんぞ？」

「え……？」

その時、少しのぼせてぐったりとしたクオン様が、そんなことを口にした。

「え？　ちょ、何か危ないことでもあるんですか？」

「いやいや、別に危ないこととかはないんじゃが……」

急な警告に少し慌てたが、別に危険とかはないらしい。

クオン様が説明してくださる。

「魔族にはな、性別のない種族も多くいる。スライム系とか、無機物系とかがそうじゃな。この温泉は男女で使用する場所が区切られておるが、どちらにも属さない個体はどっちのお湯に入ればいいのか？　ということの解決策として、温泉の奥に誰でも入ってよいフリースペースが設けられることとなったのじゃ」

「なるほど」

つまりリミフィニア様たちが行った先には、無性別の人たちが入れる温泉があるのだ。

……いや、待てよ？

『誰でも入ってよいフリースペース』ということは、無性別の人どころか、男女関係なく入ってよい温泉なわけで……。

「で、誰でも入れる温泉なのだから、当然女性側からだけでなく、男性側からも入って来られるわけで……」

「まさかっ⁉」

クオン様の次の言葉がありありと想像でき、私はばっと立ち上がる。

「つまり奥の温泉は、実質混浴のような状態になっておるのじゃ」

『キャーーーーーーーーッ……！』

クオン様の忠告も虚《むな》しく、まさにその奥の方から、リミフィニア様の大きな悲鳴が聞こえてきた。

私たちは即座に行動を開始する。

体にタオルを巻いて、急いでその温泉の奥へと走る。

地面は濡れていて若干走りにくかったが、厳しく鍛え上げている私たちには大した問題ではなく、素早く現場へと駆け付けた。

「リミフィニア様っ！　大丈夫でっ……！」

「……っ！」

「………」

角を曲がり、その場に辿《たど》り着くと、私たちは絶句した。

そこでは裸のリミフィニア様とヴォルフ様が、鉢合わせしてしまっていた。

お二人とも一糸纏《いっしまと》わぬ姿のまま、その裸体を晒《さら》してしまっている。

「………」

「………」

お二人とも顔を強張《こわば》らせて、棒立ちになっている。

きっと頭の中が真っ白になっているのだろう。裸のお二人が微動だにしないまま、向かい合って固まってしまっている。

リミフィニア様の顔は真っ赤だ。

偶然裸を見られてしまったのだ。仕方がない。

対するヴォルフ様の顔色は真っ青だった。体中から脂汗を垂らしており、偶然とはいえ、やってしまったことの重大さに脳が大混乱を起こしている。

ぶらぶらしていた。

なにがとは言わないが、とっても大事なところがあられもなくぶらぶらしていた。

シルファ様など他の人たちは、体にタオルを巻いていた。だから、裸を見せてしまったのはリミフィニア様とヴォルフ様だけだった。

「ち、ちちちち、違うっ……！」

先に声を出したのはヴォルフ様の方だった。

「ご、誤解だっ……！　ここが混浴だなんて知らなかったっ……！　わ、わわわ、悪気はなかったんだ！　本当だ！　信じてくれっ……！」

「………………」

大慌てで弁明している。

ただ、後ろを向いて彼女の裸を見ないようにするなどの配慮はできておらず、まだ頭の中は混乱の極みにあることが窺《うかが》えた。

「わ、悪かった！　本当に申し訳ないっ……！　でも本当にわざとではないんだ！　許してくれっ……！」

「………………」

私は無言のまま、持ってきたタオルと湯桶《ゆおけ》をシルファ様に手渡す。彼女はリミフィニア様にそのタオルを掛け、妹の体を隠す。

「ふんっ！」

「がっ……!?」

そして、その湯桶《ゆおけ》をヴォルフ様に向かって勢いよく投げた。

彼はその桶を避けるような真似はせず、甘んじて受けた。

ただ、投擲《とうてき》された湯桶には尋常ではないほどの力が込められており、ヴォルフ様の顔面に強い衝撃が走った。

きっと、一般人が受けたら死んでしまうような威力だったのだろう。大きな音と共に、桶が耐え切れず粉々に砕け散る。

ヴォルフ様が倒れ、体がお湯の中に沈んだ。

「ロリコン！」

「ロリコン！」

「ロリコンっ……！」

「ブクブクブク……」

いつの間にそこに来たのか、カイン様たちが浴槽の反対側の物陰から顔だけ出して、ヴォルフ様を非難する。

ヴォルフ様はお湯の中に沈んでいて反論できない。彼の口からブクブクと漏れ出る気泡が、なんとも虚《むな》しい抗議のように思えた。

「ロリコン！」

「そこまでして王女の裸を見たかったのか！」

「なんてロリコンなんだ！　この男は！」

「ブクブクブク……」

男の不始末は男同士でつけるとでもいうかのように、カイン様たちがお湯の中のヴォルフ様を縄でぐるぐるに縛る。

反論は許されない。彼の体はお湯の中から出してもらえていなかった。

もう私たち女性は、全員体にタオルを巻いているから見られても問題なかった。

「リミフィー、大丈夫か？」

「………………」

シルファ様が気遣うようにリミフィニア様の肩に手を置く。

彼女はまだ呆然《ぼうぜん》としていた。その場から動けず、顔を真っ赤にしながら目を丸くしている。ショックが抜けきれていないようだった。

わなわなと腕が動き、両手でぴとりと頬を覆う。

「裸を……裸を見られてしまいました……」

「…………」

「……もうお嫁にいけません」

「む？」

しかし違和感に気付く。

リミフィニア様はとても恥ずかしそうに顔を赤くしていたが、なぜか小さく笑っていた。

「他の人のところには、お嫁にいけないのですから……」

「リミフィー？」

「……やはりヴォルフ様に責任を取っていただかなければ」

彼女は小悪魔めいた笑みを顔に浮かべていた。

本当に恥ずかしそうではある。今起こったことの衝撃が抜けてなくて、体が小さく震えてしまっている。

しかしどこか悪戯《いたずら》っぽい、計算高い魔性の女の表情がそこにあった。

ラッキー！　という感情が透けて見えており、ぞくりとするほど色っぽい女性の魅力が漏れ出ていた。

タダでは転ばない。

そんな彼女の意思がはっきりと見えた。

「ふふふ……ヴォルフ様に責任を取っていただかないといけませんよね……」

「さすがだ、リミフィー」

シルファ様が妹の頭をぽんぽんと叩《たた》く。

その年で大人の色香を醸し出すとは……。

リミフィニア様の才能に、私たちは驚嘆した。


こうして魔王城別荘の視察が終わる。

今日という一日だけで、ヴォルフ様の運命は大きく変わった。

彼の今後の人生は大きく変化するだろう。既に外堀がほぼ埋められ、逃げ場がなくなろうとしている。

たった一日……たった一日で、彼はもう言い逃れができなくなってしまった。

これから始まるのは、王女様による包囲戦だ。


彼の無意味な抵抗は、この日から始まるのであった。

第42話 【現在】熱狂！ ミラちゃん！

「リズ様ーっ！　ヘルプーっ！　ヘルプっすー……！」

朝の爽やかな教室でのことだった。

学友のサティナ様が泣きながら私の腰に抱きついてくる。

「大変なんすー！　ピンチなんすーっ！　リズ様ー……！」

「はいはい、どうしました？　サティナ様？」

サティナ様は切迫した声を出しながら、私に助けを求めてくる。

……ってこの状況、つい最近同じことを経験したなぁ、などと考えながら、私はサティナ様の緑色の髪を優しく撫《な》でた。

もう大体彼女が何を言いたいのか、私には分かっている。

「で、今度はなんですか？　サティナ様？」

「うちの冒険者ギルドで、今度『コスプレ喫茶フェア』ってものを開く予定なんすけどー……！　メイド役の人が足りなくてーっ！　そしたら『メイドになってくれる人を探してこい』ってうちが無茶振りされてー……！」

「まぁ、そんなとこだろうと思ってました」

サティナ様は冒険者ギルドの館長の娘さんであり、そのギルドで人手が足りなくなると、私は彼女から急なバイトを頼まれることがある。

前回頼まれたのは裁縫の仕事だった。

あの時はメルヴィ様と一緒に頑張ったものである。

「って、今度は『コスプレ喫茶フェア』ですか？」

「はいっす！」

「…………」

『コスプレ喫茶フェア』。

その名の通り、コスプレをして接客する喫茶店の仕事だろう。

ちょっと恥ずかしい依頼が来たなぁ。

ぽりぽりと頬を掻《か》く。

「うちの冒険者ギルド全体で、メイド服とかチャイナ服とかのコスプレをしながら接客するっていうキャンペーンを行うつもりなんすけどね、何せ広いギルド全体でやるもんすから……接客の人員が全然足りなくてっすね……」

「……まぁ、察しがつきます」

「50代のベテランのおばちゃんにメイド服着せるわけにもいかないっすから……」

「…………」

申し訳なさそうにサティナ様がもじもじとする。

そりゃしょうがない。

言っちゃ悪いが、50代の方のメイド服姿では、誰も幸せになれないだろう。それをやった日にはギルドが阿鼻叫喚《あびきょうかん》と化してしまう。

求められているのは若い人だった。

「…………」

しかし、コスプレ喫茶かぁ……。

やはりあれだ。やっぱちょっと恥ずかしい……。

困っているサティナ様の頼みは、基本断らない方針で頑張っているのだが、さすがに今回はちょっと気後れする。

さて、どうするか……。

――などと悩んでいる時だった。

「私が受けようっ……！」

「わっ……!?」

「えっ!?　な、なにっ……!?」

いきなり横から大きな声を掛けられた。

私とサティナ様はびっくりしながら、声のした方を振り返る。

「シ、シルファ様……？」

「うむっ！」

私たちの傍《そば》に立っていたのはシルファ様であった。

なんだろう？

やけに目をキラキラさせながら、期待に満ちた眼差しを私たちに向けている。

そして何より意味が分からないのが、両脇にメルヴィ様とレイチェル様を抱えていることだった。お二人は何かを諦めたようにぐったりと、シルファ様のなすがままとなっている。

「ど、どうしたんすか……？　シルフォニア様？」

「どうしたもこうしたもない！　メイドを探しているのだろう!?　ならば私の出番ではないかっ！」

「え、えぇっと……？」

「…………」

意味が分からないのだろう。サティナ様は困ったようにたじたじとなっている。

でも私はシルファ様が何を考えているのか、少し分かってきた。

「メイド業なら私に任せておけ！　完璧だ！　どんな相手にもかしずいて、最高のもてなしをしてみせようっ！」

「いやいや、一国のお姫様にコスプレなんてさせるわけにはいかないんすけど……」

「遠慮するなっ！」

「えぇ……？」

シルファ様はやけにはきはきとした口調で、とってもやる気に満ちていた。

それもそのはず、彼女は自らの天職がメイドであると信じているのだ。

王女という高貴な身分にありながら、彼女は誰かに尽くす仕事にやりがいを感じている。自分の専属メイドに仕事を代わってもらうほど、彼女はメイド業が大好きだった。

「ふっふっふ、楽しみだな、コスプレメイド喫茶……。腕が鳴るというものだ」

「な、なんでそんなにやる気満々なんすか……？」

そんなシルファ様の好みを知らないサティナ様は、困惑している。

そりゃ、そうだろう。

彼女の趣味を知った時の私もたじたじになったものだ。

「というわけで！　私たち三人『コスプレ喫茶フェア』に参加だ！　期待してくれ！」

三人と言った。

三人。

シルファ様は勝手に三人の参加を表明していた。

「なんか巻き込まれているみたいですけど、お二方はそれでよろしいのですか？　メルヴィ様？　レイチェル様？」

「…………」

私は、シルファ様の両脇に抱えられているお二人に、声を掛けてみる。

自主的な参加のシルファ様と違って、どう見てもお二人は無理やり連れて来られている。シルファ様に抱えられてぐったりしたまま、今まで一言も喋《しゃべ》っていない。

メルヴィ様とレイチェル様は死んだような目をしたまま、ゆっくりと顔を上げた。

「……こうなった時のシルファさんは止まりませんから」

「仕方ないのよ……」

「そうですか……」

いつもより低い声で、二人がぼそっと呟《つぶや》く。

その哀れな姿に憐憫《れんびん》の情を抱かざるを得ない。

こうして私たちは、冒険者ギルドの『コスプレ喫茶フェア』に参加することが決定したのだった。

「よしみんな、気合入れて頑張るぞ！　おーっ！」

「おー……」

「おー……」

揃《そろ》わぬ声で、力なく気合いを入れる。

瞳をキラキラと輝かせているのはシルファ様一人で、メルヴィ様とレイチェル様は目に生気がない。

「……い、いいんすかねぇ？」

ヘルプを頼んだ張本人であるサティナ様が、一番困惑しているのであった。


それから数日後。

『コスプレ喫茶フェア』当日。

「お帰りなさいませー！　ご主人様ー！」

フリフリのエプロンドレスを着て、元気よくお客様に声を掛ける。

冒険者ギルド内は大盛況であった。

どの店も満員御礼。ギルド内にはカフェ、食事処、酒場などいろいろな飲食店があるが、どこも客でごった返しており、とても賑《にぎ》わいを見せていた。

いつも強面《こわもて》な冒険者さんたちも、今日は頬を緩ませている。普段お洒落《しゃれ》なカフェなんか利用しない方たちが、メイド服につられてふらふらと入店してくる。

「お待たせいたしましたー！　『ふわふわ雪だるまパフェ』でございます！」

「あ、ど、どうも……」

筋骨隆々の屈強な戦士さんが、可愛らしいメニューを頼んでいる。

『コスプレ喫茶フェア』を楽しんでいただけているようで、なによりだ。

私もエプロンドレスを着て、接客のため店内を忙《せわ》しなく駆け回っている。着ているメイド服はスカート丈が短く、フリルも多い。

『コスプレ喫茶』としての役割を重視したメイド服なのだろう。本来の実用的なメイド服と異なり、華やかな見た目重視のデザインとなっていた。

私は髪をポニーテールにしてまとめている。いつもとは違う髪型であり、皆様から「新鮮だ」と言われ、好評なのが少しくすぐったかった。

「お待たせしましたー！　『愛情たっぷりオムライス』です！」

「君、可愛いねぇ。学生さん？　今いくつ？」

お仕事をしていると、お客様の一人に年齢を尋ねられた。

……店員の個人情報を聞くのはマナー違反である。連絡先を尋ねる、撮影、セクハラ、おさわりなどは禁止と定められていた。

「…………」

問答無用で冒険者ギルドの用心棒に通報してもいいのだが……。

私はにっこりと笑顔を作って、わずかに体をくねらせた。

「永遠の17歳ですっ☆」

「おぉ……」

それだけ言って、その場を立ち去る。

お客様は呆気に取られながらも、ほんの少し頬を赤く染めていた。

求めていた答えとは違うだろうが、メイド喫茶らしい非日常の受け答えに、お客様には満足していただけたようだ。

私は少し厄介なお客様を軽くあしらうことに成功した。

ふっ……チョロいぜ……。

「さすがっすねぇ、リズ様」

「あはは、それほどでも……」

その様子を見ていたサティナ様から、お褒めの言葉をいただく。

ただ、あのお客様に増長されても困るから、用心棒の方にそっと連絡をして注意してもらうようにする。これで問題は起きないだろう。

「ふっ、さすがはリズ。『スーパーメイドキング』が復活する日も近いな……」

「え？　なんですか、それ？」

シルファ様が私の知らない単語を口にしていた。

褒めてくださっているようだが、なんだろう？

勇者チームの皆様は、時々私の知らない単語を口にする。

「シルファ様もその制服、とても似合ってらっしゃいますよ」

「む？　そうか？　ありがとう！」

シルファ様はいつものようにメイド服を着て、慣れた仕事をしている。

……わけではない。

彼女は今、『チャイナ服』という制服を着て接客をしていた。

今日のイベントは『コスプレ喫茶フェア』だ。店員が着る服は、メイド服だけというわけではなかった。

『チャイナ服』というのは、遠い東の国の伝統的な衣装である。それをメイド喫茶風にアレンジしたものを、シルファ様は着用していた。

立ち襟のそのチャイナ風メイド服は、エキゾチックな魅力に溢《あふ》れている。

ぴっちりとしたデザインは体のラインを露わにさせており、鍛えられて引き締まった体のシルファ様にとても似合っていた。

「ふふふ、この店は天国のようだ。こんなエキサイティングなメイド体験ができるとは……。もっと私をいっぱいこき使ってくれぇ……」

「なんでこのお姫さん、ノリノリなん？」

そばを通りかかったアデライナ様が、怪訝《けげん》な顔をしていた。

「それが……彼女のアイデンティティーなのです……」

「ワケが分からん」

彼女の実情を知らなければ、困惑するのは無理もなかった。

そして、独特の衣装を着ているのはシルファ様だけではない。

同じく東の国の衣装である『和服』風のメイド服。メイド服とは関係ないが、教会の修道女服、女性用の騎士服、貴族の礼服など、様々な衣装が用意されていた。

……コスプレの種類が、どっかの色街のコスプレファッションと似ている気がしないでもないが、コスプレ喫茶フェアの発案者であるギルド館長は、一体何を参考にしたのか。

……いや、深く考えるのはよそう。ギルド館長はサティナ様のお父様である。

とにもかくにも、それらの衣装を着こなすこの店のメイドさんは、誰も彼もがとても美しかった。

皆様の衣装を見られただけで、今日ここに働きに来てよかったと思える。

眼福、眼福である……。

「…………」

その中でも一際目を引くのがルナ様であった。

私の親しい学友であり、メイド服がとても似合っていた。

「お帰りなさいませ、ご主人様」

「…………」

彼女の一挙手一投足に、お客様は視線を奪われる。

ルナ様は薄茶色の髪を編み込んで、可愛らしく纏《まと》めている。由緒正しい侯爵家のお嬢様であり、生まれてからずっと礼儀作法を厳しくしつけられてきたのだろう、その気品のある仕草の一つ一つに美しさを感じさせられる。

まるで本物のメイドさんのようだった。

一言一言が凛《りん》としており、立ち姿そのものも品格が高かった。

「あ、あの……『おいしくなーれ、萌《も》え萌えキュン！』ってやってもらえますか？」

「かしこまりました」

お客様の一人がルナ様にサービスを頼む。

彼女は一切動揺を見せず、プロとしてお客様の要望に応える。

両手でハートマークを作り、カップの中のカフェオレにおまじないをかけた。

「おいしくなーれ！　萌え萌え、キュン！」

その時、厄介な客が大声を上げた。

「ぶひいいいいいいいいいいいいいいいいいイイイイイイイイイイイイイイイイイイイイイイイイイいいいいいいいいいいいいいいいいいいいいいいいいイイイイイイイイイイイイイイイイイイイいいいいいいいいいいいいっ……！」

「わっ!?　リズ様っ……!?」

――私だ。

お客様ではなく、私であった。

ルナ様に駆け寄り、魂の奥底から叫び声を上げる。

仕事なんかしている場合じゃなかった。私は一人の客として、彼女の可愛い、いや女神のように美し過ぎるその姿を眼に焼き付けようと、ギリギリまで彼女に近づいていた。

頭のてっぺんから足のつま先まで、何一つ欠点がない完璧なメイドという奇跡のような存在の『萌《も》え萌えキュン』を、どうして見逃すことができようか。

その麗《うるわ》しい美声が耳をくすぐった瞬間、私は思わず雄叫《おたけ》びを上げてしまったが、それは人間としてのごく普通の反応で、そうしなければ目の前の完璧な存在に失礼であるようにすら思えた。

目の前のお客様も困惑しているが、だからどうしたというのか。

私の魂の叫びはごくごく自然な生理的なものである。何も恥ずかしいことではない。むしろ、なぜこのお客様たちが「ぶひぃっ！」と声を上げないのかが不思議に思えた。

あぁっ！　美し過ぎる！

ルナ様が尊過ぎるっ！

パンツが見てぇっ！

その黒いミニスカートの中のパンツが見てぇっ！

「リ、リズ様……？　一体どうなされましたか……？」

「はっ……!?　私は一体何をっ!?」

ルナ様に声を掛けられ、私は正気に戻った。

「はいはい、エロ師匠。スタッフに迷惑かけちゃいけませんからねー」

「向こうでおとなしくしてようなー」

すぐにメルヴィ様とシルファ様がやってきて、私の体を拘束する。

「って違うんですっ……！　私はそんな変態の子じゃないんですっ！　私は清く正しい誠実な貴族の人間なんですぅぅぅっ……！」

「はいはい」

「よかったですねー」

「ア゛ァーーーっ！」

そうして、私はお二人にずるずると引きずられていった。

遠くなっていく、目を丸くしたルナ様が印象的だった。

「ふぅ……」

私は一足先に休憩である。

店の隅でゆっくりと頭を冷やしていた。

大きく深呼吸をして、温かいコーヒーを口にする。

この店はいろいろと刺激的だった。

なんだこの店は、極楽か。週六で客として通いたい。この『コスプレ喫茶フェア』ずっとやってくれないかなぁ……。

……と、いけないいけない。また私にあるまじき妄想が起き始めた。

もう一度大きく深呼吸をする。

「………」

ただ、私にとってもっと眼福な存在がそこにいた。

自然とそちらの方にも視線が向いてしまう。

「お帰りなさいませ、お嬢様」

「キャ～～～！　勇者様～～～っ！」

とある執事に声を掛けられ、女性のお客さんが黄色い声を上げる。

カイン様であった。

実はこのお店、カイン様もアルバイトとして接客をしていた。

「お嬢様、お荷物お預かりいたします。どうぞこちらへ……」

「は、はいっ！」

カイン様が女性客を案内する。

流麗な作法でお辞儀をし、女性をエスコートする。

彼は最初、お客としてこの店に来ていた。おそらく婚約者のシルファ様やメルヴィ様のメイド姿をからかいに来たのだろう。

しかしこのイベントは『コスプレ喫茶フェア』。

店員が女性のみだなんて、言っていない。

カイン様は戦力として目を付けられ、シルファ様とレイチェル様に捕まってしまった。

『さぁっ！　来なさい！　無駄な抵抗するんじゃないわよっ！』

『や、やめろぉっ！　俺はただ遊びにきただけなんだぁっ……！』

『はっはっはっは！　飛んで火にいる夏の虫とはこのことだなっ！』

『いやだ……いやだあああぁぁぁぁっ……！』

カイン様が店に来たあの時、そんな悲鳴が店内に響き渡った。

すぐに叫び声も聞こえないような店の奥に連れていかれ、カイン様は店のスタッフに仕立て上げられてしまう。

つまり巻き込まれたのであった。

ただ、そのせいで女性客が急増。店の外には長蛇の列ができている。

ただでさえ忙しいお店がさらに忙しくなってしまった。

「ほ、ほんとに勇者様にエスコートしていただけるなんてっ……！」

「噂《うわさ》は本当だったわ……」

女性客が目をハートにしながら、カイン様の淹《い》れた紅茶を飲んでいる。でも分かる。

カイン様は本当にかっこいい。

質の良いタキシードを、ビシッと身に纏《まと》っている。緩い所は一つとしてなく、ブラックタイがカイン様をより精悍《せいかん》に演出している。

彼の礼服姿はこの前の学園のパーティー以来だが、やはりいつ見ても凛《りん》としている。

女性客が黄色い声を上げるのもムリはない。

そんなふうに彼のことを目で追っていると、カイン様も軽い休憩をしに、私のいる店の隅へとやってきた。

「くそっ、なんで俺がこんな目に……」

「はは、似合っていますよ、カイン様」

「うっせぇ。あー、葉巻が吸いてぇ……」

カフェの従業員が葉巻を吸っていたら問題である。

「ったく、まさかこんなことになるとは……。いつかシルファとレイチェルの奴に仕返ししてやる」

「見事なほど綺麗《きれい》に巻き込まれましたね」

「こんなことならヴォルフの奴も道連れにしてやればよかったぜ」

「ヴォルフ様は今、牢屋《ろうや》の中じゃないですか……」

「そうなんだけどさ……」

悲しいことヴォルフ様は今、王族親衛隊の牢屋の中にぶち込まれている。

言うまでもなく、リミフィニア王女の裸を見てしまったからだ。

事故であること、本人が反省の色を示していること、なによりリミフィニア様が直々にこの件を不問に付す意を示していらっしゃることなどから、あと数日で牢屋から出られるようではある。だから、そこまで大事《おおごと》にはなっていない。

なんにしても可哀想ではあるが。

「でも、この国がもっと封建的だったら、問答無用で首ちょんぱだったかもしれないですから、そういう意味ではよかったですよね」

「運がいいのか悪いのか分からねぇな」

まぁ、ヴォルフ様なら力ずくで逃げることも可能だろう。

そういう意味では、抵抗もせず甘んじて牢屋に入ってくれている彼に、国の兵士たちは感謝すべきなのかもしれない。

どっちの方が運が良いのか悪いのか、なんだかあべこべだった。

「まぁでも、俺もヴォルフも、あそこにいるミッターに比べればまだマシだな」

「ミッター様……」

カイン様の視線を追って、私もミッター様のいる方向に目を向ける。

実は今、ミッター様もこのお店で働いていた。

カイン様と一緒にこの店を訪れ、そして彼と一緒に捕獲され、スタッフに仕立て上げられていた。

ただ、ミッター様が着ている衣装は執事服ではない。

執事服ではないのだ……。

「ミラちゃん！　可愛いよーっ！」

「ミラちゃん、こっち向いてーっ！」

「………………」

この店の中で、異様な盛り上がりを見せている一角がある。

野太い歓声がその場に響いている。その中心にいるのはフリフリのエプロンドレスを着た可愛らしいメイドさん。

ミラちゃん。

いや、ミッター様だった。

「な、なな、なんでボクがこんな格好をしなきゃいけないんだっ……!?」

羞恥に震えながら、ミッター様がか細い声を出す。

彼は女装させられていた。

「………」

ウィッグを着けており、長い金色の髪がふわりと揺れている。丹念なメイクを施されており、元々女顔だけあってとても綺麗《きれい》な顔に仕上がっている。

源氏名《げんじな》はミラ。中性的なかっこ良さと可愛らしさが見事に調和しており、男性的な魅力と女性的な魅力が同時に醸し出されていた。

男性ファンによる野太い歓声が湧き上がっているが、女性のお客様もミッター様の姿を見てひっそりと頬を赤らめている。

それほど美しく仕上がっている。

「ぼ、ボクは可愛くなんてないからっ……！」

「そんなことないよー！　ミラちゃん可愛いよー！」

「ミラちゃん一番かわいいよー！」

「ち、違うっ……！　ボクは可愛くなんてないんだーっ！」

「あんな可愛いのに自信ないなんて、応援してあげたくなる……」

「ボクっ娘《こ》、素晴らしい……」

「すみません、ミラちゃん指名で」

「や、やめろー！　やめろーっ……！」

めちゃくちゃ人気を集めていた。

うん、分かる。

ただでさえ綺麗なのに、そんなミッター様がとても初々《ういうい》しく恥ずかしがっているのだ。

正直、そそる。

「あたしより可愛いのが悔しい……」

「レイチェル様……」

いつの間にか傍《そば》に来たレイチェル様が、自分の彼氏に対し、そんな感情を口にする。

彼女は今、複雑な心境だろう。

「………」

ミラちゃんはこの店でとっても評判が良かった。

男性客からも女性客からも人気を集め、人気ナンバーワンと言っても過言じゃないほどの盛り上がりを見せている。

だけど彼の立場になりたいとは思わない。

代わってくれと言われたら、ノータイムでお断りするだろう。それはこの場にいる皆様全てが、同じ思いを共有しているはずだ。

「………」

「………」

「………」

カイン様とレイチェル様と一緒に、私たちは彼に憐憫《れんびん》の眼差しを送るのであった。

「ミラちゃん、好きだーっ！」

「ミラちゃんずっとこの店で働いてくれー！」

「やめろー！　やめろーっ！　応援やめろーっ……！」

ミラちゃんが顔を真っ赤にしながら困りまくっている。

その姿も、なんていうか、その……そそる。

「くそーっ！　なんでだ、なんで僕がこんな目に遭わなきゃいけないんだ……！」

その時、ミラちゃんが自暴自棄な行動に出た。

「も、もうたくさんだっ！　言ってやる、言ってやるぞ！　僕は本当は男なんだーっ！」

「え……？」

「…………」

「…………」

ミラちゃんの告白に、店の中がしんと静まり返る。

客の皆様が驚愕《きょうがく》に目を見開く。

仕方がない。こんな可愛い方が男だなんて言われても、そんなの戸惑うしかない。

「…………」

誰かが息を呑《の》む。汗がつつ～と垂れる。

この店の中に緊張が張り詰めた。

そして次の瞬間……。

「うおおおおおおおおおおおおおぉぉぉぉぉぉぉぉぉおっ……！」

「……え？」

フロアに大きな歓声が沸いた。

「わあああああぁぁぁぁっ！　『男の娘《おとこ こ》』！　男の娘っ……！」

「え？　えっ……!?」

「男の子でもかわいい！　いやっ！　男の娘だからこそかわいいっ……！」

「男の娘って本当に存在したのか……!?」

「奇跡だ……」

「ミラちゃん世界一かわいいよー！」

「え？　えっ!?　えっ……!?」

店内にさっきまでより大きな熱気が渦巻き、ミラちゃんがさらにうろたえる。

失望させるために自分の正体を明かしたのに、なぜかより大きな反響が返ってきたのだ。彼はわけが分からず目を丸くした。

「なるほど、『男の娘』が受けているのですか」

「知っているのか？　メルヴィ？」

メルヴィ様がこちらに近づいてくる。

そして、上級者による解説が始まった。

「どこからどう見ても女の子にしか見えない男の子のことですね。男性でありながら、女性の魅力を内包しつつ、女性の格好をしている自分に対する羞恥心など、ただの男性や女性では感じ得ない心の内面を想像することができて、オンリーワンの魅力を持つジャンルです。また、何もしなくても女性に見えるパターン、化粧をして女装をしているパターン、女装していつもと違う自分になって悦《えつ》に入《い》っているパターンなど、一言で『男《おとこ》の娘《こ》』と言っても様々なパターンが存在することも、大きな魅力となっております」

「この世って、アホばっか」

メルヴィ様の解説を、カイン様が一言で斬り捨てていた。

私は『男の娘』というジャンルのことを既に知っていたが、どこで知ったんだったか、よく思い出せないでいる。

そういう漫画は読んだことないはずなんだけどなぁ？

「なんだ、これ……この高揚感……これが、新しい扉を開く感覚？」

「男の娘……これが、俺たちが本当に求めていたもの……」

「やめろー！　なんでだー!?　お前らー!?」

「ミラちゃん！　ミラちゃんっ！」

「ミラちゃん！　ミラちゃんっ！」

「やめろー！　やめてくれーっ！」

店内が最高に盛り上がる。

もう大合唱だ。

ミラちゃんの抵抗も虚《むな》しく、男性も女性も彼の魅力の虜《とりこ》となり、もうすっかりメロメロになってしまっている。

「なるほど……『男の娘カフェ』というのもアリだな……」

「あ、パパ」

そんな時、この『コスプレ喫茶フェア』の発案者、冒険者ギルドの館長が現れた。そしてその場にじっと佇《たたず》み、ミラちゃんの活躍ぶりを眺める。

「これは来るかもしれん……男の娘っ……」

「パパ……」

顎に手を当て、小さく何度も頷《うなず》いている。

常日頃から大きな商売を手掛けているギルド館長が、ミラちゃんの存在に新たな商機を見出《みいだ》していた。

ただ、娘であるサティナ様の眉は顰《ひそ》められていた。

「ミラちゃん！　ミラちゃんっ！」

「ミラちゃん！　ミラちゃんっ！」

「世界で一番かわいいよおおおおぉぉぉぉぉっ！」

店内の歓喜の声はとどまるところを知らない。

この街にもたらされた『男の娘《おとこのこ》』という新たな文化に、冒険者ギルド内の心は一つとなっていく。

「もう嫌だああああああああああああああぁぁぁぁぁぁぁぁぁっ！」

ミラちゃんの魂の咆哮《ほうこう》は、どこまでもどこまでも響き渡っていくのであった。

第43話　【過去】潜入！　ミラちゃん！

それはカインたちが勇者として冒険を続けていた時のことだった。

彼らにとある依頼が舞い込んできた。

近隣の街の悪徳貴族が悪政を行い、多くの民を苦しめているらしい。その貴族の悪事の証拠を掴《つか》み、成敗するというのが依頼の内容だった。

「というわけで、潜入捜査を行うこととなった」

「はーい」

仲間の皆が慣れたように気軽な返事をする。

情報収集のための潜入捜査というのは、もう何度も経験してきたことだった。

「ったく、魔族との戦いに集中させろよ。旅をしてるとこういうのが多くてかなわん」

「まぁまぁ、こういうのも大切なことですから……」

彼らにとって、人助けをするのも立派な仕事の一つである。

勇者という正義の味方の名を背負っている以上、彼らはただ魔族と戦っていればよいというわけではないのである。

人々の平和を守り、民衆の好む正義を体現して多くの支援を得なければ、旅は続けられなかった。

「さて、情報の整理をするぞ」

カインたちは潜入捜査のための作戦を立てていく。

その悪徳貴族は無類の女好きらしい。自分の館に必要以上の数のメイドを雇い、手を出しているのだという。

悪政によって不当に得た金で、女性をはべらせて豪遊しているとも言われている。

「じゃあ、潜入役は女性でいいかな？」

「了解でーす」

女好きの敵の隙を突くには、女性を潜り込ませた方がやりやすい。

リズ、シルファ、メルヴィ、レイチェルの四人全員が潜入役に決まった。

「あと念のため、ミッターを女装させて潜入役に加えることにする」

「えぇっ……!?」

カインからの寝耳に水な提案に、ミッターがびっくりして大声を上げた。

「女装っ!?　いや、なんで僕っ……!?」

「だってお前女顔だし……結構いけんじゃね？」

「いやいやいやっ……ムリだって！　わけ分かんないこと言うのやめてくれよっ!?」

彼は猛反発する。当然である。

女好きの悪徳貴族の下に男が女装して潜入するなんて、前代未聞だった。

「なるほど、女装か」

「面白くなってきたわね」

「そのその、ミッターさん！　任務頑張りましょうね！」

「待て待て待て待て、本当に待ってくれよっ……！」

しかし、なぜか仲間内から反対意見が出てこない。

相変わらず皆の柔軟性がおかしい！

いや、ただの悪ノリだろ、これっ……！

ミッターの全身から嫌な汗が流れ出てきた。

「まぁ、ミッター、聞け。潜入捜査っていうのは危険な仕事だ。女性だけを敵の拠点に送り込むってのは心配だろ？　何かあった時のために男手があった方がいい」

「全然心配じゃないよ！　この四人に勝てる軍団なんて存在しないよっ！」

ミッターが酷《ひど》いことを言っているようにも聞こえるが、それは純然たる事実だった。

この女性四人に勝てる人族の軍隊なんてどこにも存在しない。一つの国を丸々相手にしたって、無事に帰ってくるだろう。

ミッターには、自分を女装させて困らせるための言い訳にしか聞こえなかった。

「いいから行けって。一人分戦力が足りなくて仲間がピンチになったらどうすんだ」

「ぐ、ぐぬぬぬぬっ……！」

だが、カインの言っていることも一理ある。

敵地では何があるか分からない。人手を増やせるのなら増やした方がいい。

用心するに越したことはないのである。

「で、でも女装なんて……いくらなんでもバレるんじゃ……！」

「お困りのようですねっ！」

ミッターが心配な点を口にしようとした時、リズが大声を上げた。

どこから持ってきたのか、指の間にたくさんのメイク道具を挟み込んでおり、いつの間にかサングラスまで掛けている。

その姿は何かしらのやる気に満ち溢《あふ》れていた。

「えぇっと……？　リズ？　どうしたの……？」

「今の私はただのリズではありません……」

リズがふっと小さく笑う。

「今の私は『カリスマメイク師・スーパーリズ』なのですっ！」

「またわけの分からんことをっ……！」

カリスマメイク師・スーパーリズが現れた。

「さぁさぁいくわよ、ミッターちゃん！　あなたを最高の女に仕立て上げてみせるわよ！」

「や、やめてー！　やめろーっ！　こんなの理不尽だーっ……！」

「女の道は～♪　修羅《しゅら》の道～♪　性別なんて～関係な～～い♪」

ミッターはカリスマメイク師にずるずると引きずられ、為《な》す術《すべ》もなく奥の部屋へと連れていかれる。

「腕が鳴るわぁっ！」

「助けてくれーっ！」

ミッターの悲痛な叫び声を最後に、ドアがばたんと閉まるのであった。


潜入捜査が開始される。

悪徳貴族の屋敷の入り口に、メイド服姿の女性たちが整列していた。今日から彼の館で働き始める新人メイドたちである。

だが、新人メイドたちの顔は青ざめていた。この館の主《あるじ》がメイドに手を出すという噂《うわさ》は、彼女たちの耳にも入っていたからだ。

しかしこの館で働くことからは逃れられなかった。

お金がなくてここで働かなくてはならない者、他の館から強引に引き抜かれてこの館のメイドとなってしまった者。事情は様々だった。

自分たちもこの館の主《あるじ》に襲われるのではないか……。

どんな目に遭うかわからないという不安が、彼女たちの胸を締めつけていた。

「ムリ……ムリだよ、バレる……絶対バレるって……」

その中で、他の人たちとは少し違う不安を感じている人物がいた。

ミラ。

いや、女装しているミッターだった。

「ムリムリムリ……すぐバレておしまいだよ、こんなの……なんで僕がこんな目に……」

「こら、ミラ。堂々としてないと余計怪しまれるわよ」

「そ、そんなこと言ったって……」

勇者チームの五人は、この集められた女性たちの中に紛れ込んでいる。新人メイドに扮してこの屋敷に潜入しようとしていた。

「大丈夫よ、バレないバレない。とっても可愛く仕上がっているわ」

「いや、バレないわけないでしょ……。お世辞はいいよ、こんな時に……」

レイチェルは隣にいるミラを励ますが、それはお世辞と受け取られる。

ただ、レイチェルは本心からそう言っていた。

金髪の長いウィッグが、妙にミッターに似合っている。

元々女顔であったが、リズのメイク技術により、美しさがさらに際立っている。

男性であることを隠すメイクではなく、女性らしさを引き立たせるメイクであった。

元々彼はこういう顔をしていたのではないか？　と錯覚するほど、そのメイクとメイド服姿は堂《どう》に入《い》っていた。

「ぐふふふふ……」

ミッターの心の整理がつかないまま、女性たちの前に悪徳貴族が姿を現す。

小太りで、顔には嫌らしい笑みが張り付いていた。

「ぐふふ……今回もめんこいおなごがたくさん集まったのぅ」

そう言いながら新人メイドを見渡し、値踏みする。

「全てご主人様の人徳のおかげでございます」

「ぐふふふ……」

並ばされたメイドたちは顔を青くしながら俯《うつむ》き、彼から視線を逸《そ》らす。

その中で、ミッター以外の勇者メンバーの面々はけろっとした態度のままだったが、幸いそれが怪しまれることはなかった。

「……ん？」

「……っ!?」

ただ、その貴族が関心を寄せてしまった人物がいた。

ミラ、いや、ミッターだ。

悪徳貴族がずんずんと近づいてくる。

ミラことミッターは、全身に冷や汗をかきながら、肩を竦《すく》ませる。

悪徳貴族がミッターの顔を至近距離で覗《のぞ》き込んだ。

「お主……」

「……っ！」

近くに寄られ、ミッターの体がきゅっと縮こまる。

ダメだ！

もうバレるっ……！

ミッターの心臓は、破裂しそうなほどバクンバクンと強く打っていた。

そして、男はにやりと口元を綻ばせる。

「お主が一番めんこいのぅ……！」

「え……？」

それだけ言って、悪徳貴族は踵《きびす》を返した。

新人メイドの顔見せも終わり、男はこの場から立ち去っていく。

メイドたちも緊張の時間が終わり、疲れたような面持ちのまま、与えられた自分の部屋へと向かっていく。

「………………」

ただ、ミッターだけが呆然《ぼうぜん》として立ち竦んでいた。

「よかったじゃない、バレてないみたいよ」

「よかった……のか……？」

レイチェルの言葉に、ミッターが釈然としない様子を見せる。

ぞっとした時に出る嫌な汗が全身から噴き出し、止まらなかった。


それからというもの、ミッターの不安をよそに、潜入捜査は順調に進んでいく。

「ミラちゃん結構力持ちで助かるわー」

「重いもの運ぶ仕事とか率先してやってくれるから、ほんとにありがたいわ」

「こんなに可愛いのに、意外と逞《たくま》しいのよね、ミラちゃん！」

メイド仲間から疑われるどころか、むしろ信頼を勝ち取っていた。

メイド業は、なかなかの重労働だ。女性ばかりの職場に男手が加われば、とても重宝されるのはいうまでもない。

ミラという異物が、メイドたちの仕事の負担を軽くしているのだった。

「それに……なんでしょう……？　同じ女性のはずなのに、なんか、こう、他の子にはない魅力が……」

「同性のはずなのに、なんか特別可愛がってあげたくなっちゃうような……？」

「なんでしょう？　この感覚……」

「………」

メイドたちがミラちゃんに熱っぽい視線を向ける。

ミラちゃんが仄《ほの》かに香らせる男性的な魅力に、メイド仲間たちは心を奪われそうになっていた。

同じ女性として親しい距離感で接していると、彼女から漂ってくる男性的なフェロモンに、くらくらとなってしまう。

ミラちゃんは魔性の女であった。

「ねぇねぇミラちゃん、今度一緒にお風呂入りましょーよー？」

「ちょっ……、や、やめてください、先輩……。ボクは体に痣《あざ》があるので、他の人とは一緒に入らないようにしているんです……」

「もー、いいじゃない痣なんて。そんなの気にすることないわよぉ？」

ミラちゃんが幾人かのメイド仲間に詰め寄られる。

ミッターは理由を付けて他の女性と一緒にお風呂に入らないようにしていた。もちろん体に痣なんてない。

あるのは、付いていると仰天してしまうようなものである。

ぶらぶらしている、仰天するようなものが付いているのだった！

「ねぇミラちゃん、今度私と一緒に街に行きましょう。いい店教えてあげる」

「え、えぇっと……」

「あ、ずるーい。ねぇミラちゃん、私の方が面白い店知ってるわよ？　私と一緒に行かない？」

「いや、その……」

先輩のメイドに両隣から詰め寄られ、ミッターはたじろぐ。

彼はとても人気があった。

「デレデレすんなぁっ！」

「ぶほぉっ……!?」

「きゃあっ!?」

そんな時、レイチェルが現れて、ミッターの顔を蹴り飛ばした。

勢いのよい前蹴りがミッターの顔を打ち、ソファに座っていた彼の体が後ろに弾き飛ばされる。

「な、なに女性にちやほやされていい気になってんのよっ！　ミラ！　あんたはあたしのものなんだから、そんな簡単にデレデレするんじゃないわよっ……！」

「う、うごごご……」

レイチェルは腕を組んでふんと鼻を鳴らす。

不機嫌であることを、全身で表現していた。

当然である。

自分の彼氏が他の女性からアプローチされているのだ。威嚇《いかく》をしてでも、この人は自分のものであると主張しないといけなかった。

彼女の行動は少し暴力的であったが、真っ当な理由があった。

真っ当だったのだが……。

「あらぁ～、レイちゃん、ミラちゃんを『あたしのもの』だなんて～」

「もしかして二人ってそういう関係なの～？」

「い、いやっ……!?　ち、ちがっ……違わないけど……その、違くて……！」

『レイちゃん』こと、レイチェルがたじたじになる。

『レイ』とは彼女が潜入捜査の際に使う偽名だった。

「レイちゃんとミラちゃんは仲良しだものねぇ～。でもそんな深い仲だとは思わなかったわ～」

「女性同士でなんてすごいわねぇ。レイちゃん、可愛い顔してやるじゃない！」

「いやいや、ち、違くてっ……！」

レイチェルとミッターは恋人同士である。

しかし今、ミッターは女性の姿をしていた。

それゆえ、複雑な状況が生まれていた。

先輩メイドたちがニヤニヤしながら浴びせる視線を受け、レイチェルが困り果てる。だけど素性を隠している彼女たちは本当のことを言えない。

レイチェルはぐぬぬと歯ぎしりすることしかできなかった。

「いてて……、そんなことより先輩……。この館の主様《あるじさま》のことなのですが……」

ミッターは立ち上がりながら、なんとか話を真面目な方向に持っていこうとする。こんな状況下でも、この屋敷について情報収集をするつもりなのだ。

「この屋敷の主は女好きって聞いています。女好きってことは、やっぱりボクたちも寝室に呼ばれたりするのでしょうか……」

「うんうん、新人さんはやっぱ心配よね、そこは……」

メイド仲間や館の使用人に、こつこつ聞き込みを行う。

幸いミッターはメイド仲間から特に可愛がられていたため、情報が集まりやすかった。

捜査しているのは、この館の主が行っている悪事の証拠である。しかしさすがに、簡単には見つからない。

だが、ミッターたちは重要な手掛かりを手に入れた。

主の寝室に、どうやら隠し部屋があるようだった。

とある先輩メイドが、寝室の掃除中に偶然変なスイッチを見つけ、それを押したのだという。

するとテーブルが独りでに動き、その下に隠し通路が現れたのだった。

そのメイドは見てはいけないものを見てしまったと思い、すぐにスイッチをもう一度押して隠し通路を閉めたという。

触らぬ神に祟《たた》りなし。

そのメイドは隠し通路の奥を見ず、隠し部屋の存在を知ったことすら主《あるじ》に知られないようにして、今もまだメイドとしてこの館で働けていた。

明らかに怪しい隠し部屋の存在。

ミッターたちはここを目標に定めた。

だが悪徳貴族の寝室の前には、いつも私兵が見張りに立っている。見つからないように侵入するのは難しかった。

だからミッターたちは作戦を立てた。

いずれ自分たちの誰かが悪徳貴族の寝室に呼ばれるだろう。その時に男を気絶させ、音をたてないように部屋の中を探る。

そして隠し部屋を捜し、悪事の証拠を掴《つか》むのだと。

「ここのメイドたちは皆、一回はご主人様の寝室に呼ばれちゃうからねぇ。そこは覚悟し

「でも新人さんにすぐ手を出すわけじゃないみたいね。外聞とかあるのかしら？　当分の間は誘われるようなことはないと思うわ」

「そうですか、ありがとうございます……」

先輩メイドたちから情報を得る。

新人に対する猶予があるため、ミッターたちは余裕をもって情報収集することができた。

そうやって手がかりを集め、作戦を練る。

計画の実行は、悪徳貴族の行動次第というところまで迫っていた。

ある日、ミッターは倉庫の片付けをしていた。

窓もない薄暗い部屋の中で一人、せっせと仕事をする。

重い荷物を持ち上げ、動かし、整理をしていく。力仕事のため、彼は自らこの仕事を引き受けていた。

「よっと……」

埃《ほこり》臭い部屋の中で、ミッターは一際大きな荷物を抱える。両手を大きく広げて、体全体を使って大荷物を持ち上げる。

その時、倉庫の扉がぎぃと開いた。

「やぁやぁ、仕事ははかどっているかのぅ？」

「あれ？　ご主人様……？」

現れたのは悪徳貴族であった。

ミッターは目を丸くする。

どうして彼がここに来たのだろうか？

理由が分からず、突然の出現にぎょっとする。

「えぇっと……ご主人様はなぜこちらに……？」

「あぁ、そのだな、ちょっと探し物があってな、この倉庫にあると思ったのだが……」

「あ、それでしたら、おっしゃってくださったら探しますよ？」

「あ、いや、いいのだ。自分で勝手に探す。ミラちゃんはそのまま仕事を続けてくれ」

主人はごそごそと倉庫の中を漁《あさ》り始める。

そういうこともあるんだな、とミッターは納得して仕事を再開する。彼は今、大きな荷物を抱えている状態だ。両手が塞がっているため、主人を手伝えない。

そしてミッターがその荷物を運び終えた直後のことだった。

「ミラちゃ〜〜〜んっ……！」

「わわっ……!?」

主人が背後から抱きついてきた。

「ぐふふふ……！　もう我慢できんっ！　これもミラちゃんが可愛過ぎるのがいけないんじゃあ〜〜〜っ！」

「えっ!?　なっ……!?」

主人はミラちゃんが人目のつかない倉庫の中で働いている最中を狙って、襲おうとしていたのだ。

「ぐふふふっ！　ミラちゃん！　ミラちゃん！　ミラちゃんっ……！」

「な、なにをっ……!?」

自分の置かれた状況をすぐに理解し、ミッターは迷う。

抵抗することは可能だ。自分が一般人に負けるわけがない。

しかしここで暴れていいのだろうか？

ミッターは考える。

今は潜入捜査の途中である。ここで抵抗してしまったら、潜入捜査が台無しになってしまわないだろうか？

仲間のうち誰かがこの男に寝室へ呼ばれたら、その寝室内の隠し部屋を捜索する。それが自分たちの立てた作戦だ。

ここは倉庫で、寝室ではない。

「…………」

ここで暴れたら汚職の証拠が手に入らなくなるかもしれない。

ミッターはさらに考える。

「…………」

どうする？

我慢するか？

自分はここで、抵抗しない方がいいのではないか……？

「……って我慢できるかああああああああああああぁぁぁぁぁぁぁっ！」

「ギャアアアアアァァァっ……!?」

迷ったのはたった一瞬。

ミッターは悪徳貴族の手を振りほどき、股間を思いっきり蹴り上げた。

普通に考えて、抵抗しないなんてあり得なかった。

「アァァァァァァァァァァァッ……！」

鶏を絞め殺したような断末魔の声が響き渡る。

男の最大の急所に、武術の達人による情け容赦ない一撃が入った。もうこの男は、痛みで意識を失いかけている。

女の敵にふさわしい末路であった。

「…………」

ミッターは自分で蹴っておいて、自分の股間にひゅっと寒気を感じた。

「アァァァァアッ……アァア、アァ……！」

悪徳貴族は、気絶する直前にあるものを見た。

それはミッターのパンツだった。

足を高く蹴り上げたため、スカートが捲《めく》れて中のパンツが見えていた。

「もっこり……パンツ……」

それだけ言って、男は口から泡を吹いて失神した。

「……くそっ、全く」

ミッターは顔を赤らめながら、自分のスカートを手で押さえた。

彼はまごうことなき男であった。

「ど、どうしたんですか……!?　一体何の悲鳴ですか……!?」

そんな時、男の悲鳴を聞きつけて外から人が入ってくる。

しまった、もう人が来たか。気絶した男を隠す余裕もなかったな、とミッターは歯ぎしりをする。

けれど、入ってきた人物の顔を見て少しほっとした。

「……ってリズか」

「ミラちゃん？　どうしたんですか？」

倉庫の中に入ってきたのはリズであった。

彼女は床で泡を吹いて失神している悪徳貴族の姿を見て、すぐに状況を把握する。

「……取りあえず、みんなを呼びます？」

「……ありがとう。ここも離れようか」

男の体を縛って適当な箱の中に隠し、二人は倉庫を後にした。

そしてシルファ、メルヴィ、レイチェルを素早く集め、建物の陰にひそむ。

作戦会議である。

「ご、ごめん、みんな。状況をややこしくしてしまって……」

「いえいえ、全然全然」

「誰だって金玉蹴るわよ、そんなの」

ミッターが申し訳なさそうにするが、誰も咎《とが》めなかった。

しかし、状況は切羽詰《せっぱつ》まっている。

男の身柄は隠してあるが、すぐに異変に気付かれるだろう。さっきの悲鳴でもう既に人が集まっているかもしれない。

すぐにこの館の私兵も警戒態勢に入るだろう。しかし、この館から逃げ出すわけにもいかない。まだ悪事の証拠は掴《つか》んでいないのである。

もう後戻りはできない。

ミッターたちは追い詰められていた。

「う～ん……」

皆は腕を組んで考える。

この状況をどう打開するか。何か上手い手はないか。

頭を捻《ひね》って皆でアイディアを絞り出していた。

そんな中、レイチェルは言う。

「もう面倒だし、強行突破しない？」

「………………」

その投げやりな一言で、皆が真顔になる。

「……そうだな」

皆の気持ちは一つになった。

全員何かを諦めたような表情をして、無言で立ち上がる。

そしてそのまま一直線に館の主《あるじ》の寝室へと向かう。

何の工夫もない力押しが始まった。

「な、なんだお前たちっ⁉」

「一体何の用だっ……⁉」

寝室を警備していた私兵に攻撃されるが、彼女たちはそいつらを力ずくで黙らせる。ミッターたちの実力は世界最高峰。一貴族の私兵なんかが太刀打ちできるはずもない。

そしてそのまま寝室の中に押し入り、泥棒のように部屋の中を荒らす。

潜入捜査とはなんだったのかと思えるような、強盗じみた家捜しだった。

「スイッチあったぞー！」

「オッケーですー！」

ごり押しで隠し部屋を見つけ出し、彼女たちは強引に悪事の証拠を掴《つか》むことに成功した。

作戦開始からたった数分。こうして見事、盗賊も真っ青なやり口で、ミッターたちの潜入捜査は大成功を収めるのだった。

「最初からこうすれば良かったよねっ……!?」

ミッターは叫ぶ。

「僕、女装なんてする必要なかったよねっ……!?」

それは魂の叫びだった。

彼女たちを止められる人間なんてほぼ存在しない。この貴族の私兵全員を一度に相手にしたところで、彼女たちの中のたった一人にすら太刀打ちできないだろう。

だから、最初から力技を用いても何も問題なかった。

現に今、こうして上手くいっている。

無駄死にならぬ、無駄女装だった。

「まーまー、ミラちゃん、まーまー」

「ミラの女装は必要だったさ、多分」

「かなり役に立ってたじゃない、きっと」

「絶対嘘《うそ》だあああああぁぁぁぁぁ……っ！」

フリフリとしたスカートをはためかせ、ミラちゃんの悲しい叫び声がその場に響き渡るのであった。

第44話 【現在】激烈！ 女の子だけのパジャマパーティー！

「それではこれよりパジャマパーティーを開催いたします！」

「わーっ！」

パチパチとまばらな拍手が鳴り響く。

ここはシルファ様の部屋。

高級ホテル内の広い一室に、パジャマ姿の女性五人が集まっている。

この日は特別にベッドの数を増やし、皆で一緒に寝転がれる準備が整っていた。

今日は、私、シルファ様、メルヴィ様、レイチェル様、リミフィニア様の五人で、パジャマパーティーをするのだ。

「そのその……なんかこういうの、学生っぽくていいですね！」

「パジャマパーティーなんて初めてです！」

メルヴィ様とリミフィニア様が、きらきらと瞳を輝かせる。

みんなでゆるりとしたパジャマを着て、大きなベッドの上で思い思いに横になってリラックスしている。

ふわふわとした柔らかな空気感の中、仲の良い女の子だけで集まって、一夜を語り明かすのだ。

まさに青春の一コマであった。

「旅をしている途中は、汚い床に雑魚寝《ざこね》だからな、私たち」

「やっぱり猛獣の糞《ふん》臭いジャングルの中で仲間と一緒に寝るのとは、なんか違う感じがするわね」

「汚泥にまみれたまま皆と一緒に寝たアレは、一種のパジャマパーティーか？」

「ち、違うと思いますよ……？」

「お姉様方……大変だったのですね……」

シルファ様とレイチェル様が、苛酷な旅の様子を語る。

勇者パーティーの旅では、悲惨なパジャマパーティーが繰り広げられていたようだ。

「お菓子はテーブルの方にありますので、ご自由にお取りください」

「はーい」

今日ばかりはお菓子もドリンクも食べ放題飲み放題だ。

カロリーなんて気にしない。今日は存分に心を解放させ、このゆるふわ空間を全力で満喫しなくてはいけないのだ。

パジャマパーティーを思いっきり堪能することは、全ての女子の使命なのだった。

「さて、ではリミフィーの恋バナについてだが……」

「あ、も、もう本題に入ってしまいますか……？」

頬を赤らめながら、リミフィニア様が返事をする。

今日のパジャマパーティーの主役は彼女だった。

今、リミフィニア様は熱い恋に燃えている。お相手は元魔王軍大隊長のヴォルフ様。三年前彼に命を助けられ、ついこの前劇的な再会を果たした。

7歳も年上の彼を絶対に振り向かせようと、彼女はやる気に満ちていた。

今日のパジャマパーティーはその相談会だったのだ。

「きょ、今日はお姉様方の恋のエピソードを教えていただきたいと思いましてっ！　よろしくお願いいたしますっ……！」

リミフィニア様が気合のこもった瞳で私たちをじっと見る。

彼女はまず、私たちの経験談を聞きたがっていた。

「…………」

「…………」

「…………」

「……って、あれ？　お姉様方？」

しかし、なぜか私たちは皆一様に口を開こうとしない。

誰から話す？　とかそういう空気でもない。

なんていうか皆様は、困ったような雰囲気を発していた。

「えぇっと……私は、その、今まで彼氏とかいたことなかったので……」

まず最初に私が口ごもりながら答える。

私が経験談を語れないのはシンプルな理由だ。

彼氏なんてできたことないのだ。

「え？　リ、リーズリンデ様が？　と、とっても意外です……」

「あ、あはは……」

「学園ではかなり人気者だと聞いておりますが……」

「それとこれとは話が別ですからねぇ……」

小さくため息をつきながら、ジュースをくぴっと飲む。

オレンジの酸っぱい味が口の中に満ちていった。

「ですから、恋人のいるお三方に話を聞いた方がよろしいかと思いますよ。皆様、順風満《じゅんぷうまん》帆《ぱん》のようですし」

「そうですよね！　お姉様はカイン様ととっても仲良しだと聞いております！　ぜひ、お話を聞かせてください！」

リミフィニア様が、姉であるシルファ様にきらきらとした瞳を向ける。

「…………」

しかし、やはり彼女たちの口は重い。

話しにくいことを話すかのように、シルファ様が小さく口を開いた。

「……わ、私はだな、カイン殿との婚約は国が決めたことだから……自分で勝ち取ったものではない。アドバイスできることはないのだ」

「そのその……右に同じく……」

「えぇー……」

シルファ様がお手上げのジェスチャーを見せる。

そしてメルヴィ様も彼女と同じ様子を見せていた。

シルファ様とメルヴィ様は国と教会の勢力争いに巻き込まれ、当事者の意思などお構いなしに、勇者様と婚約させられている。

本人たちはそんな事情など関係なく、何の問題もなく順風満帆《じゅんぷうまんぱん》な恋愛をしているようなのだが、きっかけが他人から与えられたもののため、お二人は恋というものに自信がない様子だった。

「恋のことならレイチェルに聞け。彼女はミッター殿との恋を一から自分で掴《つか》み取った女性だからな」

「ちょっ……!? シルファ！ 適当なこと言うんじゃないわよっ！ あ、あたしだって自信ないわよっ……！」

たらい回しのようにシルファ様がレイチェル様を指名する。

ただ、やはりレイチェル様も話を振られて困り果てていた。

「レイチェル様はミッター様と恋人関係だと聞いています！　ぜひお話をお聞かせくださいっ……！」

「ムリ！　ムリムリ！　あたし女子力なんて自信ないから……！　ミッターと付き合えているのも偶然みたいなところあるし！」

レイチェル様はぶんぶんと手を振り、ベッドの上で後退《あとずさ》る。

勇者チーム、恋に自信のない人が多過ぎではないだろうか？

「で、でも付き合うに至った大きなきっかけとかありますよね！　最後の決め手はなんだったんですか……!?」

「最後の、決め手……？」

「はいっ！」

「…………」

「……レイチェル様？」

なぜか、レイチェル様は額から汗を垂らした。

「……゛んっ、゛んんっ！　リミフィニアにはまだ早いわっ！」

なにか一瞬の逡巡《しゅんじゅん》のあと、顔を真っ赤にしながらレイチェル様は叫び声を上げる。

な、なんだろう……？

何かに慌てながら、わざとらしく咳払《せきばら》いをしている。

「え？　えぇっ!?　い、いいじゃないですかぁ！　教えてくださいよぉっ！」

「ダ、ダメよ！　これはダメ！　良い子には教えられないわっ……！」

「えぇー……」

一体何があったというのか？

リミフィニア様が詰め寄るけれど、レイチェル様は絶対に話そうとしない。

良い子に教えられない事情とはなんなのか？

私とリミフィニア様は皆目見当もつかず、首を捻《ひね》るしかないのであった。

「手作りクッキーだからな」

「手作りクッキーでしたね……」

そんな時、シルファ様とメルヴィ様がしみじみと口を開く。

「ちょっ!?　ダメよ、これ以上は！　バカ者どもっ……！」

……手作りクッキー？

なぜそれが、良い子に聞かせられない事情なのか？

「おぉっ！　手作りのお菓子ですかっ！　それを作って男性にお渡しするんですね！　そ

れはいい方法かもしれませんっ！」

「そ、そうね……！　その通りよっ……!?」

良いアドバイスをもらえて、リミフィニア様が嬉《うれ》しそうな声を出す。

ただ、やっぱりレイチェル様の様子がおかしい。ちょっと裏返った声で、何かを誤魔化すように繰り返し相槌《あいづち》を打っている。

手作りクッキーというまともなアドバイスが、どうして良い子に話せないのか？

私には三人が何かを隠しているように見えた。

「リズがきょとんとした顔でこっちを見ているぞ？」

「元凶めが……」

「え？　わ、私なんかやっちゃいました……？」

ただ彼女たちをじっと見つめていただけなのに、なぜか恨みがましい言葉と視線をぶつけられる。

意味が分からない。

一体なんだというのだ……。

「ぐ、具体的な恋愛事情をお聞きできなくても、何かアドバイスはないのでしょうか!?

わ、わたくしはヴォルフ様にどんなアプローチをすればよろしいのでしょうか!?」

「アプローチ……ですか……」

思うように良い経験談を聞けず、リミフィニア様は私たちにアドバイスを求めてきた。

確かに恋愛経験に乏しいからといって、アドバイスをしちゃいけないなんて決まりはない。

皆で知恵を出し合えば、男性をオトす良い方法が見つかるかもしれない。

「アプローチ……アプローチねぇ……」

「うーん……」

「…………」

皆で首を捻《ひね》る。

「……セッ〇ス」

「…………」

「…………」

「……おい、リズ」

「はっ!? 私は一体何を言って……!? 何を考えて……!?」

なんだか口が滑ってしまった。

「ち、違うんですっ！ これは何かの間違いですっ！ 私はそんなこと言うつもりなんてなかったんです！ 何かの気の迷いなんですぅっ……！」

男性をオトすための最初のアプローチがセッ〇スだなんて、ハレンチが過ぎる。

違う。

私はそんな下品な人間じゃないのだ。

私はもっと清楚《せいそ》で清純で模範的で品格のある人間なのだ！

私は決してセ○クスに興味なんてないのだぁっ！

「セ、セッ……だなんて……」

リミフィニア様の顔が真っ赤に染まる。

やはり12歳の彼女には刺激が強過ぎたようだ。

失礼なことを言ってしまった。

王女様にそんな不埒《ふらち》な単語を聞かせたなんて従者の方たちに知られたら、それだけで首が飛ぶ恐れもある。

まずいまずい。

気を引き締めて、口を滑らせないようにしなくては……。

「ち、ちなみに……」

「はい？」

リミフィニア様が熱くなった頬を両手で覆いながら、尋ねる。

「セ、セセ……セッ○スをすれば……ヴォルフ様はわ、わたくしに夢中になるでしょうか

「……？」

「セック〇に興味がおありですか？　そうですね、エッチをすれば男女の仲はより一層深くなるものです。それは男性の責任感という面もあるのですが、本能のレベルで親愛の情が湧いてくるものです。生物としてそういうふうにできているんですね。大丈夫ですよ？　最初は怖いかもしれませんが、セッ〇スは全くもって悪い行為ではありません。それは人が人としてあるための、なんら恥じることのない行いなのです。愛する人と深く繋《つな》がりたいと思う気持ちは普通、いやむしろ尊いものでありまして、でもやはりセッ〇スにも上手い下手がありまして、愛する人に気持ち良くなってもらいたいと思う気持ちもまた自然なものでありまして、それでですね、どうやったら上手い〇ックスができるのかというと……」

「リズ、やめなさいっ！」

はっ⁉

私は正気に戻った！

「ち、違うんです！　今の私はなにかおかしかったんです！」

「す、すす、すごいんですね……」

「あぁ、待ってくださいっ……！」

リミフィニア様が、頭から湯気を立てるほど真っ赤になってしまわれている。

私は今なんと言った？

なんかもう、よく覚えていないっ！

「わ、私はそんなこと言う人間じゃないんです……！」

「はいはい、サキュバスは黙っててくださいねー」

「違いますっ！　違うんですぅ……！」

私はサキュバスじゃありませんっ！

無礼を働きまくった私は、皆様の手によって、布団で簀巻《すま》きにされてしまった。

くそぅ……。

なにかの間違いなのに……。

「セ、セセ、セッ……」

「はいはい、リズの言ったことは気にしなくていいからなー」

わなわなと体を震わすリミフィニア様の頭を、シルファ様が優しく撫《な》でる。

「しかし、まともなアドバイスが出てこないな……」

「そうですねぇ、どうしましょ……」

皆様が途方に暮れる。

リミフィニア様にアドバイスできないとなったら、このパジャマパーティーの存在意義がなくなってしまう。

私にはもう発言権がないし……。

「こんなこともあろうかと思って、助っ人を呼んである」

「え？」

どうしようか……、と思っていたところで、シルファ様が予想外のことを言い出した。

助っ人？

え？　なんのこと？

「よし、じゃあ入ってくれ」

「は～い」

助っ人って誰のこと？　と話が整理できる前に、扉がゆっくりと開いた。

皆様がそちらに注目する。

扉の向こう側から、一人の少女が姿を現した。

「リズお姉様がお困りと聞いて飛んできました！　アイナで～す！」

「わぉ」

やって来たのは私たちの同級生、アイナ様だった。

桃色の髪を揺らしながらこちらに近づいてくる。

「リミフィーに紹介する。こちら、男性をオトすことにかけては百戦錬磨。私の同級生のアイナだ」

「こんばんはっ！　リミフィニア様ぁ！　アイナです～！」

「あ、その、よろしくお願いしますっ！」

二人は握手を交わす。

助っ人とはまさかのアイナ様であった。驚きである。

シルファ様とアイナ様って仲良かったっけ？

「おや？　お姉様、なんで簀巻《すま》きにされているんですか？」

「ははは、なんか口が滑ってしまいまして……」

「さすがはお姉様です！」

なにがさすがなのか。

意味が分からん。

「では若輩者ではありますが、このアイナめがリミフィニア王女様に男をオトすテクをお教えいたしましょう」

「お、お願いします……？」

なにがなんだか分からないうちに、アイナ様の講義が始まろうとしていた。

リミフィニア様も突然現れた見知らぬ女性に、まだちょっと動揺している。

ただ、勇者チームのお三方は一切驚いているようなそぶりが見えない。突飛な状況への適応力が高過ぎる。

「まずね、リミフィニア様。多分あなたはどうやれば男性に好かれるのか、どんなことをすれば自分を気に入ってもらえるのか、そんな手段を探しているんだと思う。でもね、それは違うのよ？」

「え？　違う……？」

「男はね、追うんじゃない。追わせるのよ」

アイナ様がにぃっと笑う。

それは魔性の笑みで、毒が含まれており、しかしそれ故に深い美しさが宿っていた。

「まずね、ターゲットの男性に自分について強い印象を与えるの。激しくケンカしてもいい。強くなじってもいい。敵対感情を持たれてもいいから、まず自分のことを強く意識させるのよ」

「ケ、ケンカしてもいいんですか……？」

「そうよ。でね、鞭《むち》の後にほんの少しの飴《あめ》を与えるの」

アイナ様の言葉に、リミフィニア様がごくりと生唾を飲み込む。

「『あんたって思ってたより面白い男ね』『本当に嫌いだったらずっと一緒にはいないわ』『あなたの傍《そば》でバカやってるのが楽しいのよ』とかなんとか。なんでもいいわ。ほんの少し、ちらりとこちらの好意を見せるの」

「そ、そうすると、どうなるのですか……？」

「あっちがこっちのことを気にするようになるわ」

「……っ！」

恋愛講座はまだ始まって間もないが、今まで知る由もなかった恋愛の駆け引きを教えられ、もう既にリミフィニア様はアイナ様の雰囲気に呑《の》み込まれていた。

「そしたらもう勝ったも同然。釣り針に食いついた魚と同じね。押しても良し、引いても良し。煮るなり焼くなり、なんでもできるわ」

「す、すごいっ……！」

リミフィニア様がきらきらとした目で、アイナ様のことを見ている。

さすが悪女。

学園一の悪女で策士である。

派閥作りで鍛えられた魔性の技に、初心《うぶ》な私たちは震えあがってしまうのであった。

「い、いいのですか……？　リミフィニア様が悪女の道に引きずり込まれていません？」

「でも、リズのアドバイスよりかはずっと健全じゃない？」

「あの時の私はなんかおかしかったんですっ……！」

さっきのを引き合いに出さないでほしい！

何も言えなくなるっ……！

「アイナ様っ！　もっと！　もっとテクニックを教えてくださいっ……！」

「こらこら、焦らないの。でね、次はわざと弱った面を見せるっていうテクニックなんだけど……」

「はいっ！」

リミフィニア様がいそいそとメモを取り始める。

ダメだ。もうお二人を止められそうにない。

「男にはね、誰もが必ず抱く願望っていうのがあるの。頼られる自分でありたい、誰かを支えられる自分でありたい、っていう願望がね。それを刺激するのよ」

「ど、どうやるんですかっ……!?」

「女の弱さを見せるのよ。『自分はこういった理由で傷ついているんです。優しくしてくれませんか?』この空気感を作るだけで、男は引けなくなるわ。傷ついた女を見捨てることは男の恥だからよ。優しい言葉を掛けるなり、抱きしめるなりしてくるわ。そしてそれはね、あっちから距離を詰めてくるのと同じことなの」

「な、なんと……！」

いつの間にか、私たちも聞き入っていた。

リミフィニア様と一緒になって、彼女の魔性の業に驚愕《きょうがく》する。

「その隙にオトす。オトせなくとも、ぐっと距離を縮められるわ。なんせ相手はノーガード。警戒が緩んだ隙だらけの男に、いくらでも愛を囁《ささや》けるわ」

「す、すごい……」

「これが、学園一のテクニック……」

パジャマパーティーが恋愛駆け引き勉強会と化していた。

ゆるふわゆったり空間に、妙な緊張感が張り詰めている。

「し、師匠と呼ばせてくださいっ……！」

リミフィニア様がとんでもないことを言い出した。

敬意と情熱がこもった目で、アイナ様をじっと見つめている。

「ふむ……私の厳しい修業に耐えられるかしら？」

「頑張ります！　なんだってやります！　だからわたくしに意中の男性をオトすテクニックを、もっと教えてくださいっ……！」

「よく言ったわ！　なら早速次の奥義を伝授するわ！　覚悟なさい！」

「はいっ……！」

「ストップー、ストップー、止まってくださーい」

妙なテンションになってしまったお二人を止めようとするが、ダメであった。

意気揚々とベッドの上で仁王立ちになり、アイナ様が声を張り上げる。

「リミフィニア！　あなたには最大級の武器があるわ！　それはその若さよ！」

「えっ⁉　でも大人の魅力を持った女性の方が男性をオトしやすいのではないですか⁉」

ついにアイナ様が、リミフィニア様に敬称を付けず喋《しゃべ》り始めた。

当の本人が気にしていない様子だからいいのだけれど、街中でやったら不敬罪である。

「男は『かわいい』女が大好きなのよ。これはもう魂のレベルで刻み込まれた、一般的な感覚ね。それで『かわいい』とはなにかと考えた時、『小さい』という要素が大きな評価点となったりするわ」

「つ、つまり……？」

「『ロリコン』というのは、男の魂のレベルで刻み込まれた性癖なのよぉっ！」

「おぉっ……！」

リミフィニア様は感動していた。

やっぱりこの勉強会は教育に悪い気がする。

「まぁ、魂のレベルっていうのは言い過ぎかもしれないけれど、実際ロリ好きの男性は多いわ。アブノーマルな性癖の中ではメジャーな分野ではあるわね」

そういえばケルベロスさんも似たようなこと言ってたなぁ、と彼のことを思い返す。

「そ、その……ヴォルフ様はロリコンでしょうか……」

「さぁ、どうかしらね。ロリコンというのは、公言せずひた隠しする男も多いから……」

アイナ様が腕を組みながら考える。

リミフィニア様の瞳が不安で揺れた。

「……でも、今はロリコンじゃなくても、ロリコンに目覚めるということもあるわ」

「……っ！」

「そういうわけで、ヴォルフのやつをロリコンにしてしまいましょうっ！　それが一番手っ取り早い！」

「ぎゃ、逆転の発想っ……！」

「ヴォルフ様逃げてーっ！」

リミフィニア様はこの上ないほど目をきらきらと輝かせているが、私はただただ彼の行く末が心配になった。

しかし私は何もできない。簀巻《すま》きにされて身動きが取れないためだ。

ごめんなさい、ヴォルフ様……。

私はあなたを助けられそうにありません……。

「なにかロリの可愛さを引き立たせるアイテムはないかしら？」

「あっ、そういえば、アイナ殿。ここに『スクール水着』があるぞ？」

「いいわね」

「なんでそんなのがパッと出てくるんですかっ⁉」

シルファ様がノータイムで、ちょっとやばいコスプレ衣装を取り出してきた。

愕然《がくぜん》とする。

「ほら、この前コスプレ喫茶フェアやっただろ？　あの時のボツ衣装だ」

「あの企画の弊害がこんなところにもっ……！」

何の変哲もないスクール水着ではあるが、授業以外の用途で使おうとすると途端にいやらしい衣装に見える。

普通の水着より露出度が低いのに、とっても背徳的な衣装であると感じられた。

「だめだめだめっ！　だめですっ……！　いけませんっ！　エッチな格好をさせるのは良くないと思いますっ……！」

暴走する皆様を止めなくてはいけない。

私は使命感に燃えた。

「えー？」

「でもヴォルフをロリコン落ちさせるには、結構大胆に攻めないと難しいわよ？」

「だめですっ！　リミフィニア様はお姫様ですよっ⁉　エッチな格好なんてさせられませんっ……！」

「えー？」

なぜか皆様から非難めいた視線を向けられる。

なんでだっ⁉

皆様おかしい！

私は普通のことを言っているだけなのに、なんで私の方が少数意見にならないといけないんだっ!?

「でもリズお姉様、これは我が未熟な弟子本人からの要望でありまして……」

「いいじゃないかリズ。本人がやりたいって言ってるんだ」

「ダメですっ！」

「えー？」

断固として否定する。

ていうかシルファ様、あなた自分の妹のことなんだから、否定する立場に回らないといけないんじゃないのですか？

周りの大人が妹さんをダシにして遊んでるんですよ？

やはり、私がしっかりしないといけないのだ！

「ダメですダメです！　私の目の黒いうちはそんな非道徳的な格好させません！　絶対！　絶対です！　リミフィニア様を悪の道に進ませるわけにはいかないんです！　絶対に私が守り切ってみせるんですからぁ……！」

私は叫ぶ。

そう固く決意したのだった。

その十分後。

「はぁ！　いいよぉ！　いいよぉ！　リミフィニアちゃん、とってもかわいいよぉっ！　はぁはぁ……視線をもうちょっと右に……あぁっ！　いいよぉ！　すごくいいよぉっ……！　リミフィニアちゃん、すっごくかわいいよぉ！　はぁはぁっ……！」

私は熱に浮かされたように何枚も何枚も写真を撮っていた。

目の前にはスクール水着を着たリミフィニアちゃんの姿がある。

水泳用の布地が彼女の発達途上の体のラインをくっきりと浮かび上がらせていて、とても煽情的《せんじょうてき》だった。

彼女の薄い赤色の髪が、水着の深い紺色にとてもよく合って、いつもよりさらに美しく感じられた。

「いいよぉ！　素敵だよぉ！　かわいいよぉ、リミフィニアちゃん！　ちょっとポーズ取ってみようか？　腕をこう、動かして……あぁ！　いいよぉ！　とってもいいよぉ！」

「そ、そうですか……？」

「ほんとほんと！　本当にかわいいよぉ！　そこではにかんで……あぁっ！　いいっ！　すごくいいよぉ！　リミフィニアちゃんっ！」

ぱしゃぱしゃと狂ったようにシャッターを切る。

手が止まらない。

口から熱い吐息が漏れる。

なんだか自分がおかしくなっているような気もするが、そんなことは些細《ささい》なこと。本能がこの手を止めるなと叫んでいる。

私はこの美しく可愛らしい少女の姿を写真に収めなくては、という使命感に駆られている。

このお姿を何か形にして残さないのは人類全体の大きな損失であると、私の魂が私に訴えかけていた。

「素晴らしい！　尊いっ！　尊過ぎる……」

「リズが一番えっちなことに興奮してるじゃない」

レイチェル様に突っ込まれる。

さっきまでスクール水着を否定してただけに、困った。

「ち、違いますっ！　私はただ純粋に美しさを追求する一人の写真家……。え、えっちなのを求めてるんじゃないんです……私はただ美しいものを愛しているだけなのですっ！」

「ついに開き直ったわね」

ち、違うのだっ！

一人の写真家として、ただ純粋に究極の美を求めているだけなのだ！　美しいものを前にすると手が勝手に動いてしまうのだ……！

「それとメルヴィ様もかわいいよぉ！　ランドセル姿すっごい素敵だよぉ！　あ゛〜〜〜っ！　かわいい！　かわいい！　最高だよぉっ……！」

「は、はぁ……」

そしてリミフィニアちゃんの隣には、愛くるしいコスプレをしたメルヴィ様もいた。

スクール水着姿ではない。

学園の初等部の制服を着て、ランドセルを背負っている。高品質の生地を使った制服が、着ている人の品の良さを引き立てていた。

メルヴィ様は現在17歳である。

私と一つしか変わらない。

しかし背が低く、こぢんまりとしていて、その可愛らしさは私なんかと比べ物にはならない。

さすがは聖女メルヴィ様だ。

初等部の子供たちのあどけなさと純真さがよく表現されている。

ちっこくて可愛らしい最高の合法ロリがいた。

「フ〜〜〜！　かわいいっ！　かわいいっ！　最高！　最高だよぉ！　メルヴィ様ぁ！」

「はいはい、分かってますよぉ」

なんだか妙に慣れた様子で、メルヴィ様が私をあしらっている。

こういうことを以前やったことがあるのだろうか？

「しかし、お姉様があれほど熱中するとは……。さすがは私のプロデュースね！」

「いや、リズは最初っからあんな感じだぞ？」

胸を張るアイナ様に、シルファ様がツッコミを入れる。

違う。

私はいつもこんな感じではないのだ。

今はただ、美の探求に魂が燃えているだけなのだ！

「でも、リミフィニア。あなた、スクール水着なんて着せられていいの？」

レイチェル様が真っ当な質問をする。

「大丈夫です！　ヴォルフ様を悩殺するためだったら、わたくしなんでもやる覚悟でございますっ……！」

リミフィニア様はやる気満々だった。

「ノリで着せちゃいましたけど、メルヴィ様はいいんですか？　怒ってません？」

「ふっ、慣れてますから……」

メルヴィ様が小さく鼻で笑いながら、そう答える。

慣れてるって、なんでだろう？

勇者パーティーの中にロリの衣装を着せるような物好きがいるのだろうか？

彼女の堂々とした佇《たたず》まいは、歴戦の勇士を彷彿《ほうふつ》とさせるものだった。

「しかし……この衣装で本当にヴォルフ殿をオトせるのだろうか？」

「確かに。なーんかロリロリし過ぎてて、犯罪臭が凄《すご》いのよねぇ」

シルファ様とレイチェル様がそんな意見を言い合う。

確かにその通りかもしれない。

リミフィニアちゃんとメルヴィちゃんの愛くるしさは至高のものであるが、その可愛らし過ぎる姿にイケない臭いも感じてしまう。

元来、いい大人が小さい子に手を出してはいけない。

イエスロリータ、ノータッチの精神だ。

このロリ衣装はかえってその気持ちを助長しているかもしれない。

ヴォルフ様のように冷静沈着な人ほど、距離を取ろうとするかもしれない。

「えぇっと……それでは困るのですが……」

「ううむ、どうしたらいいのでしょうか……？」

皆で腕を組んで考える。

リミフィニアちゃんの可愛らしさを上手く引き立たせ、ヴォルフ様をメロメロにしたい。

しかし、ロリロリ過ぎるとヴォルフ様に引かれてしまう。

うぅむ……。

何か上手い解決方法はないものだろうか……。

――そんなことを皆で考えている時だった。

「話は聞かせてもらった！」

「きゃぁっ……!?」

いきなり部屋の扉が大きな音を立てて開かれた。

急な大声に皆がびっくりする。

乱入者だ。

「この問題、あたしに預けてくれ！　見事解決してくれよう！」

「べ、ベンヴェヌータさん……？　どうしてここに……？」

背の高いすらっとした女性が堂々と胸を張っている。

ベンヴェヌータさんがこの部屋に入ってきた。

「え？　誰？」

「えぇっと……防具店の店長だったか？」

皆が困惑し、額から汗を垂らす。

ベンヴェヌータさんは冒険者ギルドの防具店の店長である。ファッションデザイナーとしても優秀で、彼女の作る服はデザインが素敵で人気が高い。

私とメルヴィ様は、一緒にその防具店でアルバイトをしたことがある。

「な、なんでその人がここに……？」

アイナ様が不審者を見るような目で、彼女のことを見ている。

仕方ない。

シルファ様たち勇者パーティーの皆様は、ベンヴェヌータさんのことを知っているようだった。防具をオーダーしたりして、お世話になっているのだろう。

「とっても興味深い話が聞こえてきたもんだから、扉に耳を付けて聞き耳立てさせてもらったよ！」

「どうしよう、警察に通報した方がいいのだろうか……？」

場がざわつく。

やっぱりこの人、ちょっとやばい。

「おっとっと、ちょっと待ってくれ。騙《だま》されたと思ってあたしに任せてくれないか？　きっといいようにしてみせよう！」

「えぇー？」

皆に疑念の眼差しを向けられながらも、ベンヴェヌータさんは堂々とした様子を見せ、数着の服を取り出す。

この状況でこの度胸、やはりカリスマというのは、どこか普通と違う。

「用意してきたこの服に着替えてみてくれ！」

「えぇー？」

「大丈夫、きっと上手くいく！」

半信半疑のまま、リミフィニア様とメルヴィ様がその服に着替える。

美少女二人の生着替えにちょっと鼻血が出そうになったりしたが、顔には出さず必死にこらえた。

お二人の着替えが終わる。

「お、おおおおおぉぉぉぉっ……!?」

すると、周囲から歓声が上がった。

「え、えぇっと……どうでしょうか？」

「悪くないですか？」

悪くないなんてもんじゃない。

天使のような二人の美少女が目の前に存在している。

お二人は和服メイド衣装を着ていた。

東の国の伝統衣装である『和服』を、メイド服風に仕立て上げたものだ。それがお二人の今着ている衣装である。

コスプレ喫茶フェアの時に使われていた衣装とデザインは同じであるが、二人の背丈に合わせてサイズ調整されていた。

胸元で衿を交差させ、それを腰の帯で留めている。袖が長く、手を動かすごとに袖が優雅に揺れる。私たちの国にはない特徴的な衣装である。

その伝統衣装にエプロンドレスやフリルを組み合わせたもの、それが和服メイド衣装であった。

「か、かわいい……」

ごくりと生唾を飲みながら、メルヴィ様とリミフィニア様に視線が釘付《くぎづ》けになる。

可愛い。あまりにも可愛らしい。

メイド服のふわふわとした可愛らしさの中にエキゾチックな魅力が混ざり合っていて、小柄なお二人の愛らしさが十二分に醸し出されている。

これ以上ないくらいキュートである。

シャッターを切る手が止まらない。

「しかし、なぜだ……？」

「…………」

シルファ様がぼそりと呟《つぶや》く。

同じことを私も思っていた。

彼女たちが今着ているのは、元々コスプレ喫茶フェアで用意された衣装だ。

ロリ用のコスプレ衣装じゃない。

それなのに彼女たちは今、小柄な可愛らしさが最大限に溢《あふ》れ出ている。しかもさっきのスクール水着のような、どこかイケない空気感は薄まっている。

いや！　そうかっ……！

そういうことだったんだっ……！

「いいかい、ロリとはただ年齢が低いということを意味するにあらず。ロリとはその子が持つ雰囲気そのものを表した言葉なのさ」

私が納得すると同時に、ベンヴェヌータさんが解説を始める。

「小さくて可愛らしいもの。柔らかい愛らしさを持つもの。それこそがロリなのさ」

「ど、どういう……？」

「逆に言うと、小さくて可愛らしかったらなんだってロリなのさ！」

ベンヴェヌータさんが自慢げに鼻を鳴らして言う。

「つまりっ！　ロリの衣装を着ているからロリなのではない！　ロリは何を着せてもロリなのさっ……！」

「な、なんだってーっ!?」

「逆に言うと、ただあたしたちはロリの素材の良さを引き立てればいいだけなのさっ！」

そういうことなのである。

私たちはリミフィニア様の幼さを引き立たせるために、ロリの衣装を用意した。

しかし、それは少し目的とずれた手法だった。

リミフィニア様の存在自体がもう既に可愛らしく、十分過ぎるほどにロリの魅力を醸し出していた。

そこにロリの衣装を着せてしまうと魅力がちょっと過剰になってしまい、ニッチな嗜好《しこう》に寄ってしまった。

だからベンヴェヌータさんは、逆に少し落ち着いた雰囲気の衣装を用意した。

可愛らしく、そしてエキゾチックな魅力も持ち合わせている和服メイド衣装を、リミフィニア様に取り合わせたのである。

結果、リミフィニア様の魅力を最大限に生かしつつ、万人受けしやすいコーディネイトが完成したのである。

なるほど！

さすがはカリスマファッションデザイナー！

やはり、だてじゃない！

「ふっ、さすがは噂《うわさ》の実力派コーディネーター。やるじゃないの、ベンヴェヌータ」

「いや、こちらも君の戦略、策略には感服している。君のような逸材に会えて嬉《うれ》しいよ、アイナ君」

アイナ様とベンヴェヌータさんが固い握手を交わす。

今ここに、二人の天才が奇跡の出会いを果たしたのである！

「まー、なんでもいいですけどね」

一方、衣装を着せられている張本人のメルヴィ様は、結構冷静だった。

やっぱりこういう衣装を着せられるのに慣れている様子である。

ロリに対して造詣の深い人物が彼女の傍《そば》にいたのかな？

「そ、その、あの……一番大事なことなのですが……この衣装でヴォルフ様はわたくしにメロメロになってくださるでしょうか……？」

「なるなる！　もちろんなるさ！　今のリミフィニア様の姿を見てきゅんとこない男性なんかいないさっ！」

「そ、そうですか……？　えへへ……」

リミフィニア様が頬を赤らめながらはにかむ。

かわいい。

かわいい過ぎる。

こんなのメロメロにならないわけがない。

こりゃ、勝ったな。

「では今からヴォルフ様のところに向かいましょうか？　そのお姿を見せれば世の男性は

全てイチコロです。勝ち確ですよ、勝ち確」

「ええっ……!?　い、今からですか!?　きゅ、急過ぎやしませんか……!?」

私の提案にリミフィニア様が慌てふためく。

さすがにまだ心の準備ができていないようだった。そりゃそっか。コスプレ衣装を他人に見せるのって最初は勇気要るからな。

でも私は引かない。

ここで引いてはいけない。

「こんな可愛い姿見せなきゃ絶対損ですって。ヴォルフ様をメロメロにするためにこの勉強会を開いたのでしょう？　なら、これが本番です。本番なくしてなんのための勉強会でしょうか？」

「うぅ……で、でもいざとなったら……恥ずかしいです……」

赤くなった頬を両手で押さえて、もじもじとしている。

かわい過ぎる。

愛らし過ぎる。

もう一枚写真撮っとこ。

「リミフィー、覚悟を決めろ。お前も王家の人間なら何事にも臆してはいかん」

「お、お姉様……」

シルファ様が声を掛ける。

「これは王女としての試練だ。いいな？」

「か、かしこまりましたっ……！」

ただコスプレ衣装を見せるだけの話が、なんだか大変なことになってきた。

「まぁ、待て、皆さん慌てなさんな。実はもう一つ衣装を用意してあるのさ」

「ベンヴェヌータ……？」

ベンヴェヌータさんが、持ってきた鞄をごそごそと漁《あさ》る。

もう一つの衣装だって？

このままでも最高級に可愛らしいのに、これ以上新しい輝きを見せられたら一体どうなってしまうのか？

新しい衣装に、私の心臓は耐えられるだろうか……？

ベンヴェヌータさんは不敵に笑った。

「それを着て、ヴォルフとやらのところに特攻だーっ！」

「オーッ……！」

皆で拳を突き上げ、気持ちを一つにする。

これから女性の戦いが始まる。

男性を虜《とりこ》にするための、魔性の戦いだ。

ヴォルフ様のところに突撃し、その首を刈り取るのだ！

「えいえいおーっ！」

「えいえいおーっ！」

皆で気持ちを昂《たか》ぶらせ、来たるべき戦いに向けて闘志を高めていくのであった。

……あれ？

パジャマパーティーってなんだっけ？

第45話　【現在】平和な男子会だったはずなのに……

「ポン」

「はぁー？　お前それ、絶対点数安いだろ」

「ロマン追えよ、男だろ」

「いいんだよ、僕は堅実に点数を稼いでいくタイプなんだから」

星の輝く静かな夜。

照明の灯《とも》った明るい部屋の中で、麻雀牌《マージャンパイ》がかちゃかちゃと音を立てている。

男子四人が一つの卓を囲み、強いお酒を飲みながら自由な夜の時間を過ごしている。

「はい、ローン！　白《ハク》のみ！　千点！」

「てっめー！　ミッターっ！　クソ手で上がんなっ！」

「俺の混一色《ホンイーソー》を返せっ！」

今日はカインの部屋で男子会が行われていた。

男子四人、お金を賭けた麻雀に熱くなっている。

この部屋にいるのはカイン、ミッター、ヴォルフの三人ともう一人、クライブという名の、学園の男子生徒であった。

「しかし、クライブ。お前が葉巻吸いながら賭け麻雀してる姿なんて見たら、親父さん卒倒するな」

「うるせぇ、いいんだよ。こんな時ぐらい羽を伸ばさなきゃやってらんねーっつーの」

「ははは、っ！」

牌《はい》を揃《そろ》えながら、クライブが悪態をつく。

彼はこの街の領主の息子であった。

貴族として模範的な男子に育つよう、親から厳しく躾《しつ》けられてきた。彼もまた親の期待に応え、学園の成績は優秀、品行方正な優等生となるに至った。

ラッセルベル教の敬虔《けいけん》な信徒として活動をしながら、学園では皆の尊敬を集める存在となっている。

ただその反動から、親の目を盗んで羽を伸ばすようになってしまっていた。隠れて葉巻を吸い、酒を嗜《たしな》む生活を送っている。

そんな境遇に、カインとクライブは意気投合。

似た者同士の二人は悪友となる。

二人はお互いに裏の顔を知る数少ない友達であった。

「あ゛～っ！　酒がうめぇっ！」

「この不良貴族」

「うっせぇっつーの、ミッター。てかオレとしては高潔なる勇者チームの奴らが徹マン楽しむチョイ悪だとは思わなかったぞ?」

「麻雀《マージャン》ぐらい誰でも楽しむさ」

カインとクライブの吸う葉巻の煙がもやもやとこもって、この部屋全体を煙たくする。

この国での成人の年齢は15歳からであり、お酒や葉巻もその年から許される。

カインもクライブも既に成人であり、法律でどちらも許されている。

しかし風評という意味で、やはり学園生で葉巻を吸う男性は少し素行の悪い人間と見做《みな》されてしまう面があった。

だから表向き優等生を取り繕う二人は、隠れてこそこそ葉巻を吸うのであった。

「さーて、気合入れて負け分を取り返さねーといけねーなー」

「酒に葉巻に、賭け事って。チョイ悪は役満《ヤクマン》だな、優等生のクライブ君」

「うるせーっつーの」

クライブは手でくいと眼鏡の位置を正す。

ブラウンの短髪を指先で弄《いじ》り、牌《はい》をジャラジャラと混ぜる。

今日はこの四人で徹夜の麻雀、いわゆる徹マンをするつもりだった。

酒を飲みながら一晩中賭け事に興じようというわけで、静かながらも闘争心をふつふつとたぎらせて楽しんでいた。

「優等生のクライブ君が賭け麻雀なんて覚えて、俺は悲しーよ」

「おめーらのせいで覚えるはめになったんだっつーの」

カインがわざとらしく悲しんでみせる。クライブは勇者チームと交流を持つようになって、より羽目を外すようになっていた。

ミッターが口を開く。

「僕もカインから麻雀教えてもらったね。カインはどこで覚えたの？」

「地元」

「地元……？」

「なんもねークソ田舎だったからな。娯楽がほとんどなかったんだ。だから大人の遊びに混ざったりしてたんだよ。その一つが麻雀だったな」

「懐かしいな」

カインの話に小さく頷《うなず》いたのはヴォルフだった。

二人は幼馴染《おさななじみ》である。

思い出は共通だった。

「でさ、クソ田舎の大人どももクソ野郎ばっかでよ。賭け麻雀で子供から容赦なく小遣い巻き上げんの。さすがに殺意を覚えたね、あん時は」

「うひゃー、それはエグイ……」

「だけど俺たちもやられっぱなしじゃなかった。俺とヴォルフと、あともう一人同年代のダチがいたんだけどよ、その三人で対策を練ったんだ」

「対策？」

クライブが首を捻《ひね》ると、カインがにやりと笑った。

「『通し』さ」

「……ははっ、そりゃいいね」

『通し』とは、麻雀《マージャン》のイカサマの一種である。

あらかじめ仲間内でサインを決めておいて、自分の手持ちの状態や欲しい牌《はい》を伝え合う技であった。

これができれば実質三対一のような状況が作れるため、とても有利にゲームを進めることができた。

「その三人で通しをしてさ、逆にクソ大人どもから大分金を巻き上げさせてもらったね。ザマーミロってもんだ」

「一晩中通しのサインを考えたりしたたな」

「まぁ、その金もクソ田舎じゃ使い道があんまなかったんだけどな」

思い出に浸りながら、カインが酒をぐいと呷《あお》る。

「……あのアホ、今なにしてんのかねぇ？」

「さぁな」

カインとヴォルフはその『もう一人の幼馴染《おさななじみ》』に思いを馳《は》せ、ぼんやりと昔を懐かしんでいた。

「……ま、何が言いたいかっていうと、賭け麻雀ばっかやってたら俺ら三人みたいなろくでもねー人間になっちまうって話だ。分かってるかー？　クライブ？」

「そういう話だったかぁ？」

葉巻の煙をもくもくと上げながら、カインはクライブに視線を戻す。

「酒に葉巻に賭け事。これでさらに女にまで溺れたら、クライブは正真正銘立派なクズになっちまう。俺はそこを心配してるんだよ」

「余計なお世話だっつーの」

「今度娼館《しょうかん》にでも行ってみたら？　クライブ？」

「やめろっての。マジでハマりそうで怖い……」

「ははっ、バーカ」

会話をしながらも、麻雀をする手は止まらない。

慣れた手つきで牌を動かし、滞りなくゲームを進めていた。

「いや、しかし女性関係でトラブルを抱えてるって言ったら、ここにいるヴォルフをおいて右に出る者はいないからな。クライブじゃヴォルフを越えられないだろ」

「おい、やめろ、バカ」

話が自分に飛び火し、ヴォルフが眉間に深い皺《しわ》を寄せる。

「ぶっちゃけ、リミフィニア王女とはどうなってんの？」

「知らん」

三人の視線がヴォルフに注がれる。

ニヤニヤと意地の悪い笑みを浮かべて、彼をからかう。

「王女となんて、めちゃくちゃ逆玉じゃん。狙っていけよ、ヴォルフ」

「狙わん」

「王女様に慕われるなんてすっごく光栄なことなのにねぇ。想いに応えないっていうのは、むしろ不敬に当たるんじゃない？」

「当たらん」

「シルファの奴も面白がってるぞ」

「全員面白がってるだけだろーっ！」

叫びながら、ヴォルフは牌《はい》を強く卓に叩《たた》きつける。

「はい、それローンっ！」

「ぐわあああぁぁぁぁっ……！」

ヴォルフの捨て牌によってクライブが上がった。ヴォルフは顔を手で押さえて天を仰ぐ。

踏んだり蹴ったりだった。

「動揺して振り込みやがった、このロリコン」

「ロリコン」

「ロリコン」

「ロリコンじゃないって言ってるだろーっ……！」

「ロン。食いタン、千点」

「しかもまたクソ手……」

苦虫を噛《か》み潰したような顔をして、ヴォルフが牌をジャラジャラ混ぜる。

酒に葉巻に賭け麻雀《マージャン》。

女性関係の話を酒のつまみにして、少々健全ではない遊びを嗜《たしな》んではいるものの、男子四人は夜の自由な時間を堪能する。

そうやって、皆でわいわいと平和な男子会を過ごしていたのだった……。

——そんな時のことである。

コンコンと部屋の扉がノックされた。

「ん？」

「誰だ？」

麻雀《マージャン》の手を止め、カインが扉に近づく。

こんな夜更けに一体何の用だろう？

疑問を覚えつつもカインはドアノブを回し、ゆっくり扉を開いた。

「カイン様、こんばんはー！」

「こんばんはーっ！」

「うおっ……!?」

彼は驚く。

扉の向こうは、想像以上に大勢の人でごった返していた。

リズ、リミフィニア、メルヴィ、シルファ、レイチェル、アイナ、ベンヴェヌータの七人の女性がそこにいる。

深夜に部屋を訪ねてくるには多過ぎる。

「な、なんだぁ？」

男子四人は困惑する。

一体何の用があるのか？

皆目見当がつかず、突然やってきた訪問者の数に目を丸くするしかない。

「…………」

「…………」

そして、仲間たちとの深い絆《きずな》があるカインとミッターは、何だか嫌な予感がしていた。

「ほら、リミフィニア、ゴーよ！　ゴーッ！」

「はいっ！」

アイナの声と共に、リミフィニアがとととと、と小走りで前に出る。

まだ何が何だかよく分かっていないカインの脇をすり抜け、愛しのヴォルフの傍《そば》に駆け寄った。

「…………」

ヴォルフは小さく息を呑《の》む。

リミフィニアは少し変わった格好をしていた。

いわゆる、ゴシックロリータと呼ばれるドレスを身に纏《まと》っている。

レースやフリル、リボンで大袈裟と言えるほどに飾られたドレスであり、華やかで柔らかさがある。

しかし、黒色や濃い赤色を基調として作られており、全体の雰囲気として重い空気感も醸し出している。

ふわふわとした服装でありながらも、厳かな雰囲気の格好となっていた。

そしてさりげなく、リミフィニアだけでなくメルヴィも同じ衣装を着ている。

「…………」

何が何だかよく分からなくてヴォルフは口を閉ざしたままだったが、「似合っている」という感想が頭の中にぱっと浮かんだ。

少女の可愛らしさを引き立てるようなデザインでありながら、大人の凛《りん》とした雰囲気も発している。

先ほどベンヴェヌータが言った通り、幼さが過剰に演出されないようにしたまま、リミフィニアの愛らしさがよく活きていた。

ベンヴェヌータの策略にまんまとはまり、ヴォルフは彼女の姿に目を奪われる。

リミフィニアは言った。

「お兄ちゃん、大好きですっ！」

「…………」

「…………」

場が、凍った。

ヴォルフの額から一筋の汗が垂れ、体が硬直する。

いや彼だけではない。

この場にいる誰もが動きを止めていた。

なんだかイケない臭いがした。

小さな少女にコスプレをさせ、お兄ちゃんと呼ばせる——とても犯罪的な臭いがしていた。

いや、自分がコスプレをさせたわけでも、お兄ちゃんと呼ばせたわけでもない。

自分は巻き込まれているだけだ。

自分は何も悪いことはしていない——

ヴォルフは頭でそう考えるけれど、何だか胸がずきずきと痛んできた。

なぜなら「お兄ちゃん」と呼ばれた時、確かに「いい」と思ってしまった自分に気付いたからだ。

そして、それはヴォルフだけではなかった。

この場にいる他の男子も、ゴスロリ衣装を着たリミフィニアの言った「お兄ちゃん」に心ときめかせてしまったし、それは男性だけではなく、女性も皆一様にそう思っていた。

仕方のないことだった。

この部屋にいる全ての人が、彼女の破壊力に言葉を失っていた。

「…………」

ヴォルフの、牌《はい》を打つ手が完全に止まる。

しかし、誰もそれを咎《とが》めない。

自分よりずっと幼い少女の姿に、心がときめいてしまっている。

彼はそこに罪悪感を覚えた。

それは自然な感情なのかもしれないが、バカみたいに生真面目な彼は、俺はロリコンではない、俺はロリコンではないと必死に自分に言い聞かせる。

正気を保つためか、彼は麻雀牌《マージャンパイ》を力いっぱい握り込んでいた。

「あ、あれ……？　何の反応もありません？　失敗でしょうか……？」

そんな彼の葛藤に気付かず、リミフィニアは首を傾《かし》げる。

振り返って師匠やコーディネーターに意見を求めるも、彼女たちも反応がない。リミフィニアの可愛らしさに言葉を失っていた。

ベンヴェヌータなんか鼻血を出して、立ったまま失神している。

「んー……？」

誰からも意見をもらえず、何の反応もなく、リミフィニアは一人困る。

よく分からないから、追い打ちをかけた。

「お兄ちゃん……わたくしのこの服装、かわいいですか……？」

「…………」

リミフィニアが軽くポーズを取りながら問いかける。

ヴォルフは答えない。はいと言ってもいいえと言っても何かを失うような気がして、頑《かたく》なに口を開かない。

「お兄ちゃん、わたくしと一緒に遊んでほしいな？」

「…………」

彼女が一歩身を寄せる。

ヴォルフは動けない。

ここで逃げるように飛《と》び退《の》いたとしても、それはそれで彼女の魅力にやられそうになっているることを告白するようで、そんなことはできなかった。

「お兄ちゃん、愛しています……」

「…………」

リミフィニアが彼の腕に自分の腕を絡め、体を密着させる。

それは無邪気な行為だった。

親愛を表す動作だった。

しかし、周囲の者たちはいよいよマズいと感じていた。

コスプレをした幼い少女が、大きな男性に身を寄せている。

犯罪チックな空気感が濃くなっている。

絵面がイケない感じになっている。

ヴォルフの汗が止まらない。皆もごくりと生唾を飲み込む。止まらないリミフィニアに、皆が緊張感で凍り付いていた。

そして彼女は彼に顔を近づけ、耳元で囁《ささや》いた。

「今日は何だか寂しいから……」

「…………」

「お兄ちゃんに添い寝してほしいな？」

——その時だった。

「警察だっ！」

「わっ……!?」

突然、部屋のドアが乱暴に開け放たれる。

何者かがこの部屋に乱入した。

「幼い少女を誑《たぶら》かす悪い男がいる気配を感じたぞ！　神妙にお縄につけっ！」

「えっ？　えっ……!?」

「な、なんだぁ……？」

やってきたのは警察だった。

屈強な体つきをしており、背中に翼が生えている。

時々街で見かける「天使の警察官」だった。

誰も通報していないというのに、第六感で犯罪の匂いを嗅ぎ取る彼らは、とても優秀な存在だった。

　以前、吟遊詩人のデルフィーナ男爵が、この警察のご厄介になったりしている。

　複数の警察官によってヴォルフは取り囲まれた。

「幼女に変な言葉を言わせて喜ぶ変態めっ！　逮捕してやるっ……！」

「ち、違っ……!?　俺はなにもっ……！」

「確保ー！　確保ーっ！」

　屈強な警察官に為《な》す術《すべ》もなく、ヴォルフはあっという間に拘束されてしまった。

「ち、ちち、違う、誤解だっ！　彼女が勝手にやったことだ！　俺は何もしていない！」

「ロリコンは皆そう言うんだっ……！」

「言い訳は署で聞くっ……！」

「違う！　違うんだーっ！　俺は本当に悪くないんだーっ……！」

　天使の警察官に両腕を抱え込まれ、そのまま引っ張られていく。

　皆、唖然《あぜん》としながらその様子を見守っていた。

「誤解、誤解だーっ……！」

「観念しろぉっ！」

　ヴォルフはじたばたするけれど、警察官たちの前には無力である。そのまま部屋の外まで引きずられ、無情にもドアがぱたんと閉められる。

「…………」

「…………」

ヴォルフと警察官たちが部屋から姿を消す。

彼らが言い争う大声が部屋の外から微《かす》かに聞こえてきたが、それもすぐに聞こえなくなって、部屋の中が静寂に包まれる。

騒動は嵐のようにやってきて、嵐のように去っていった。

「…………」

「…………」

みんな呆気《あっけ》に取られながらも、やっと心の整理がついてくる。

「ええっと……わたくし、どうすれば……」

「いいんです。これは不幸な事故でした。リミフィニア様にできることはなにもありません……」

困惑するリミフィニアの頭を、リズが優しくぽんぽんと叩《たた》く。

「お、おい、どうする……？」

「どうするって言われても……」

皆が難しい顔をしながら今後について考える。

しかし、リズの言う通りできることは何もない。

それにヴォルフも、そんなに大したことにはならないだろう。実際に手を出したわけではないから、厳重注意くらいで帰って来られるはずである。

「……ま、いっか」

そんなわけで、カインはヴォルフを見捨てた。

「で？　お前らなんだ？　ヴォルフの奴をこんな卑劣な罠《わな》に陥れるためだけにやってきたのか？」

「はい、その通りです」

「いやいやいやいやっ?!　違いますよっ!?　こんなことになるなんて思いもしませんでしたからっ……！」

カインの軽いジョークを真に受け、リミフィニアがぶんぶんと首を振る。

「そ、その……ヴォルフ様をメロメロにできないかなぁって……」

「勝敗はドローですか？」

「いや、ヴォルフの社会的敗北だろ」

彼にとって、今日は厄日だった。

カインがメルヴィに視線を向ける。

「メルヴィも似合ってるじゃねーか、その衣装」

「ははは、そのその、今回も巻き込まれちゃいました……」

彼女は乾いた笑い声を出す。

メルヴィもリミフィニアと同じゴスロリの衣装を着ていた。黒いドレスが白い髪にとてもよく合っている。

「大丈夫か、カイン殿？　今の格好のメルヴィを褒めると、また警察がやってくるかもしれないぞ……？」

「いや、さすがに大丈夫だろ……でも念のため、やめておこう」

「ははははは……」

皆からも乾いた笑いが漏れる。

それだけ先ほどの嵐は、彼らにとって衝撃的だった。

「ところで……カイン様たちは麻雀《マージャン》をなさっていたのですか？」

「ん？　あぁ……」

話を変えるように、リズが聞く。

テーブルの上にある牌《はい》を覗《のぞ》き込んで、興味深そうにその一つを手に取る。

クライブが話に加わった。

「リーズリンデさんは麻雀分かるのか？」

「えぇっと、ルールだけなら。実際にやったことはないのですが……あれ？　やったことなかったような……？」

「へぇー、意外じゃん。リーズリンデさんのような優等生が、麻雀《マージャン》をちょっとでも知ってるなんてさ」

別に悪いことではないのだが、やはり麻雀を嗜《たしな》むのは素行の悪い生徒というイメージが学園の中にはある。

だから、クライブにとってリズのその言葉は意外だった。

そこで彼は思いつく。

悪戯《いたずら》っぽい笑みを浮かべながら、口を開いた。

「リーズリンデさんも麻雀やってみるか？　ちょうどヴォルフはいなくなったしよ」

「え？　いいんですか？」

「……っ!?」

「なっ……!?」

それはなんでもない軽い一言だった。

だが、部屋の空気は一瞬にして緊張感に包まれた。

「バッ……!!　な、何言ってんだ、クライブっ……!!」

「は、はぁ……？」

急にカインが大きな声を出す。

切羽詰《せっぱつ》まった様子を見せ、その剣呑《けんのん》さにクライブは目を丸くする。

「な、なんでよりにもよってリズの奴を誘ってんだよ!?　バカなのか、テメーっ!?」

「そうだよ、クライブ！　なんてことを言い出すんだ、君はっ……！」

「はあぁっ……!?　オレそんなに変なこと言ったか？」

カインだけでなく、ミッターも声を荒らげ始める。

ただリーズリンデを麻雀に誘っただけである。それがどうしてこんなに非難されるのか、理由が分からない。

クライブは困惑する。

「くそっ……！　こんなとこにいられるかっ！　俺は逃げるぞっ……！」

「ぼ、僕も逃げまーすっ……！」

カインとミッターが慌てて席を立つ。

額に汗を垂らしながら、早足でこの部屋から出ていこうとする。

その姿はまるで命の危険を察知した野生動物のようであり、この二人が一体何に怯《おび》えているのか、この部屋の多くの者は事情が分からない。

だが事情を把握している者もいた。

その三人はドアの前に立ち、カインとミッターが部屋から出られないように通せんぼをしていた。

「いや、男が尻尾《しっぽ》を巻いて逃げ出すのはかっこ悪いな！　そうは思わないか!?　カイン殿っ!?」

「ええ、そうね！　ここで逃げるのは男としてどうかと思うわね！　ねぇ、ミッター!?」

「くっ……！」

通せんぼをしていたのは、シルファ、レイチェル、メルヴィの三人だった。

勇者チームのメンバーだ。

ニヤニヤと人をおちょくるような笑みを浮かべながら、カインたちに訪れるだろう地獄を楽しみにしている。

「勇者様たち、どうなされたのでしょうか？」

「さぁ？　分からないわね」

事情を把握しているのは勇者チームだけのようで、他の人たちはわけが分からず頭の上にハテナマークを浮かべている。

「ほら、カイン、ミッター、さっさと戻ってこい。準備できたっつーの」

「カイン様ー、ミッター様ー、早く始めましょうよー」

「………」

後ろの卓ではもうすっかり次のゲームの準備が整っており、クライブとリズが席に着いている。

カインとミッターは歯ぎしりをする。

逃げたい。この部屋から出ていきたい。

でも外に通じる扉はシルファたちに押さえられている。逃げられない。

「…………」

「…………」

二人はまるで死刑囚のように顔面を蒼白にしながら、席に着いた。

「……恨むぞ、クライブ」

「だからなんなんだっつーの……」

「あの……私初心者なんで手加減してくださいね？」

「安心して、リズ。多分その心配は必要ないから……」

「……？」

そうして、楽しい楽しい麻雀《マージャン》が幕を開けた。

「ツモ！　清一色《チンイーソー》！　跳満《ハネマン》三千・六千です！」

「やめてっ……！　もうやめてぇっ……！」

「酷《ひど》いっ！　こんなの酷いっ……！」

「助けてっ！　誰か助けてっ……！」

部屋は阿《あ》鼻《び》叫喚《きょうかん》の巷《ちまた》と化した。

嬉《うれ》しそうに頬を染めながら、リズが上がりを宣言する。綺麗《きれい》な清一色《チンイーソー》。得点の高い役をあがり、彼女がこの局を制した。

男たちは涙する。

手も足も出ず、リズにボコボコにされていたからだ。

悲しいことにこれは賭け麻雀《マージャン》だった。男たちの持ち金はとうに空になり、今や身ぐるみはがされてパンツ一丁の姿になっている。

だが、目の前の死神は一切容赦をしない。

舌なめずりをしながら次の局の準備を進めていた。

「さぁさぁ！　次いきましょう！　次！」

「もういやだ……いやだ……」

「な、なんでこんなことに……」

リズが嬉々とした様子を見せるほど、カインたちのテンションが下がっていく。

「どうなってんだよ！　カイン！　リーズリンデさんは初心者じゃなかったのかよっ⁉」

「だから俺はやめようって言ったんだ！」

「わけ分かんねーっつーの！」

内輪揉《うちわも》めが発生するが、そんなのリズの知ったこっちゃない。慣れた手つきで牌《はい》を並べ、ゲームを進めていく。

「おい、リズ！　お前イカサマしてんじゃねぇかっ⁉　どうせどっかでイカサマしまくってんだろっ……⁉」

「なんのことだか分かりませ～ん。言いがかりはやめてくださ～い。そういうこと言うのは証拠を掴《つか》んでからにしてくださ～い」

「クッソ……！」

カインの憶測通り、リズは多種多様なイカサマをやっていた。

牌山《はいやま》に自分が有利になるような牌を置いておく『積《つ》み込《こ》み』。

牌山からいくつか牌を不正に取得して、自分の手牌《てはい》とすり替える『ぶっこ抜《ぬ》き』。

手の中に牌を握っておいて、適切なタイミングで手牌と入れ替える『握《にぎ》り込《こ》み』。

『キャタピラ』、『ガン牌《パイ》』、『拾《ひろ》い』などなど、様々な技を使って自分に有利なようにゲームを進めていた。

しかしカインたちは、現場を押さえることができたわけではない。言ってることがただの推測である以上、リズの言うことはもっともであり、彼らは反論の機会を失う。

「……あれぇ？」

ただ、リズ自身もまた不思議な感覚を覚えていた。

まるで牌が手に吸い付くかのように、意のままに操れる。

麻雀初心者であるにもかかわらず、自由自在に牌を扱い、様々なイカサマが自然と体から飛び出してくる。

あれぇ……？　おっかしいなぁ……？

楽しいなぁ……。

「カン、カン、ツモ！　嶺上開花《リンシャンカイホウ》！　ドラ6！　跳満《ハネマン》です！」

「ドラ6ぅっ……!?」

「うっそだろ、お前ぇっ!?」

男たちは阿鼻叫喚《あびきょうかん》を極めた。

テーブルに突っ伏し、涙する。

彼女を止められる者は誰一人としていなかった。

「お、お姉様……凄《すご》過ぎ……」

「まさかリーズリンデ君が雀鬼《じゃんき》だったなんてな……驚きだ……」

「わたくしは麻雀《マージャン》分かりませんけど、なんかすごいことは分かります……」

観戦者たちも目を丸くして驚きを露わにする。

リズの鬼のような打ち回しは、普段の優等生の姿とはかけ離れたものであった。

「いやぁ、やはりリズの麻雀はいつ見てもほれぼれするな」

「さすが麻雀師匠。一種の美しさまで感じるわ」

逆に全く驚きを示さず、むしろ喜んでいる人たちもいた。

勇者チームの女性たちである。

リズの打つ麻雀にうっとりとしながら、瞳をキラキラと輝かせている。

自分たちに麻雀を教えてくれた師に尊敬の眼差しを向けながら、その技術の素晴らしさに心奪われていた。

師匠の麻雀を久々に見たいために、カインたちを売ったのである。

「ふふふ……」

リズが不敵な笑みを浮かべる。

楽しいなぁ。

面白いなぁ。

初めてのはずの麻雀が、こんなにも上手く回っている。

カインたちの悲痛な嘆きの声も、今の彼女には興奮を掻《か》き立てるための材料でしかない。

ふふふ、楽しいなぁ。

もっといっぱいイカサマしたいなぁ。

彼女は舌なめずりをした。

「ツモ！　東《トン》、白《ハク》、一盃口《イーペーコー》、混全帯么九《チャンタ》、混一色《ホンイツ》、ドラ2！　三倍満《さいばいまん》！　一万二千オールですっ！」

「えええええええええっ……⁉　親の三倍満んんんっ……⁉」

「なんだあああぁぁっ⁉　その役はああああぁぁぁぁっ……⁉」

「こんなの嘘《うそ》だあああああああぁぁぁぁぁぁぁっ……！」

空には月が煌々《こうこう》と照っている。

下界の悲痛な嘆きなど関係なく、無情なまでに星々が美しく輝いている。

部屋の中では悲鳴がこだましていた。

平和な男子会だったはずなのに、一匹の雀鬼《じゃんき》に蹂躙《じゅうりん》し尽くされる悲劇が起こってしまったのであった。

第46話　【現在】一冊千ゴールドでいかがですか？

風が心地よい昼下がり。

店先からパンの焼けるいい匂いが漂ってくる学園街の街角で、リズとリミフィニアの二人がばったりと出くわしていた。

太陽が燦々《さんさん》と輝いており、今日はとても天気が良い。

お出かけ日和《びより》の一日であった。

「リーズリンデ様？　こんにちはっ！」

「あ、リミフィニア様……」

「…………」

リズは出来立ての温かいパンを頬張っていたところであったが、ぎくっとした表情のまま、急いでそのパンを呑《の》み込んだ。

「……あはは」

「あははは」

「あはははは……」

頭の後ろをポリポリと掻《か》きながら、二人で乾いた笑いを漏らす。

買い食いは別に悪いことではないのだが、リズは優等生で通っているため、なんとなくバツが悪い。

「……リミフィニア様、パン一個いかがですか？」

「いただきます」

バツの悪さをごまかすように、リズはリミフィニアに温かいパンを一つ手渡しする。

彼女の後ろに控えている侍女が少し眉を顰《ひそ》めた。

「リミフィニア様はどちらまで？」

「ちょっと用がありまして、魔王城の方まで……」

話を聞くと、リミフィニアは魔王家との会合のために、魔王城別荘へ向かっている途中とのことであった。

現在、バッヘルガルン王家と魔王家は、同盟を結ぶために会談を重ねている。

主に交渉に当たっているのは第一王子のアンゼルであったが、リミフィニアもその会合に参加だけはしていた。

一方リズは学園へと向かっている途中であり、二人はそこまで一緒に行くことにした。

「ブライアン様もパン一個いかがですか？」

「いえ、私は仕事中ですので」

「そうですか」

今、リミフィニア王女には護衛のブライアンが付いている。

王族親衛隊隊長という高い地位にいる人物であり、勇者パーティーに加わっていたかもしれないと、世間で噂《うわさ》されるほどの実力者であった。

勇者パーティーの一員である王女シルファを除いて考えると、バッヘルガルン王家が現在抱える最強の戦力であり、リミフィニアにとっても一番信頼のおける護衛であった。

だがパンの立ち食いは断っていた。

お固い人物でもあった。

「リミフィニア様はもうこの街に慣れましたか？」

「はい！　皆さんお優しい方ばかりで、とても助けていただいております！」

石畳の道を歩きながら、二人は雑談に花を咲かせる。

「リミフィニア様がこちらに来られて半月ほど経ちましたが、もう中等部には編入されましたか？　それともまだ手続き中ですか？」

「あ、ついこの前初登校させていただきました。さすがは我が国の誇る最高の教育機関ですね。今まで見てきた学校の中で、一番施設が充実しておりました！」

「いろいろあり過ぎて、皆さん始めは驚かれますよね」

リミフィニアは、この学園の中等部に編入する予定となっていた。

リズがこの街に来たのは一年前であり、高等部に入学するタイミングだったため、彼女も中等部のことは詳しく知らない。

リズの友人であるサティナやルナはこの街で生まれ育ったため、中等部にも通っている。今度、二人に話を聞くのも楽しいかもしれないな、とリズは思った。

「それでですね、学校でお友達ができたのですが、その子がなんとラーロ様のお孫さんだったんです！」

「えっ……!?　ラーロ先生のお孫さんが中等部に？」

大魔導士ラーロ。

勇者チームの一人であり、今は学園でリズたちの教師をしている人物である。彼の孫がこの学園に通っていることを、リズは知らなかった。

驚きの声が漏れる。

「そ、その子ってどんな子なんですか？　気になります」

「えぇっと……結構ハキハキとした子ですよ？　ストレートにずけずけとものを言われる方なので、そこが気持ちよかったりしますね」

「へぇ～……。女子ですか？　男子ですか？」

「あ、女子です、女子。あとすっごく頭がいいんです」

「さすが、ラーロ先生のお孫さんですね」

ラーロは元々、大魔導研究所に勤めていた高名な研究者であった。

そのお孫さんも頭が良いというのはなんだか納得だなぁ、なんてことをリズは頭の中で考える。

そんなふうにリズとリミフィニアの二人は、のんびり歩きながらたわいない話を楽しんでいた。

そうしていると、すぐにお別れの時間がやってくる。

「では、私はこっちの方向ですので」

「あ、そうですか。では、また今度……」

リズは学園方面に、リミフィニアは魔王城別荘への転移陣がある方向へと向かうことになった。

「失礼いたします、リミフィニア様」

「ええ、また一緒にお話ししましょう、リーズリンデ様。ごきげんよう」

軽くお辞儀をして、二人は別れる。

空は高く、どこまでも穏やかだった。

リミフィニアとそのお付きの人たちは魔王城別荘を訪れるため、どんどん人気《ひとけ》のない方向へと足を進める。

魔王城別荘への転移陣は、学園街の外れの場所にある。そこへ向かうために、街の中でもあまり人のいない場所を通らないといけない。

とはいっても、別に危険な場所だということではない。

この国の王女であるリミフィニアには、王族親衛隊隊長のブライアンを含め、護衛の兵が三人も付いている。その他に侍女も二人付いており、彼女の身に危険なことなど起こりようがない。

そんなわけで、寂しい路地を歩きながらもリミフィニアには何の不安もない。

手入れが十分に行き届いていない、あまり広くもなくわびしい道を、軽やかにスキップしながら進む。

この平和な学園街の中では、何の危険もない。

——危険の心配なんてない、はずだった。

「さぁ、魔王家の方々が待っています。少し急ぎましょうか」

「申し訳ありませんが、リミフィニア様。我々の目的地は魔王城ではありません」

「え？」

ブライアンが突然、意味の分からないことを言いだした。

リミフィニアは首を傾《かし》げる。

今日は間違いなく、魔王城で会談が行われる。それ以外に予定なんてないはず。

ブライアンは何を言っているのだろう？

彼女が当惑した時だった。

護衛の一人がいきなり、リミフィニアの体を羽交《はが》い絞《じ》めにした。

「えっ⁉　なっ……⁉　んんっ……⁉」

別の護衛が素早く彼女の口に猿ぐつわを噛《か》ませ、声を上げられないようにする。

彼女は混乱した。

突然のことで、状況が全く理解できない。抵抗するような余裕なんかなく、彼女の体は縄で縛られてしまった。

「リミフィニア様っ……⁉」

「お前たち、何をっ……⁉　きゃあっ⁉」

護衛の突然の暴挙に、侍女たちが驚きの声を上げるけれど、彼女たちもすぐに拘束されてしまう。

王女様たちは、身動きが取れなくなる。

下手人は彼女の護衛である王族親衛隊の三人だった。

信頼を置いていたはずの親衛隊たちの凶行に、リミフィニアたちは為《な》す術《すべ》もなく捕まってしまった。

「よし、計画通りだ。すぐに次の行動に移るぞ」

「はっ」

叫び声すら上げられないリミフィニアたちの混乱をよそに、親衛隊のブライアンたちは淡々と動く。

王女様たちを抱え、音を立てずに素早く移動する。

恐らく、前もって用意していたのだろう、すぐ近くの馬車の中にリミフィニアたちを放り込み、その姿は外から見えなくなる。

「馬車を出せ」

「はっ」

扉を閉め、馬車は無情にも走り出した。

馬車はすぐに学園街の外に出て、広い野原を駆けていく。

学園街を出る時、検問すらされなかった。王族親衛隊隊長の権限で、事前に根回しをしていたのだろう。

魔王城別荘へと繋《つな》がる転移陣が設置された小屋には向かわず、全然違う方向へと馬車は進む。

馬車はスピードを緩めず走り続け、すぐに学園街は遠く小さくなってしまう。

王女のリミフィニアは、他ならぬ彼女の親衛隊たちに誘拐されてしまった。

学園街が全く見えなくなった辺りで、ブライアンはようやくリミフィニアの猿ぐつわを外した。

「ぷはぁっ！　これは一体どういうことですっ⁉　ブライアンっ……！」

開口一番、彼女は怒鳴り声を上げる。

この馬車は大型で、車内は広かった。

ブライアンの手下だろう兵士が、十人ほど乗っている。

リミフィニアも一緒に捕まった侍女たちも、馬車の椅子に縛り付けられている。

騎士のように立派な装備を身に纏《まと》った誘拐犯たちが、にやにやとしながら彼女たちを見下ろしていた。

「落ち着いてください、リミフィニア王女」

「これが落ち着いていられますかっ⁉　なぜこのようなことをしたのですっ⁉　答えなさいっ！　ブライアンっ……！」

一体どうして自分たちが誘拐されなければならないのか。

なぜ信頼を寄せていた王族親衛隊がこんな暴挙に出たのか。

リミフィニアには今の状況がさっぱり分からない。

目を血走らせながら叫び声を上げるリミフィニアに、ブライアンは余裕の表情をもって対応する。

「なぜこのようなことをしたのです、ですか？　それは私たちの台詞《せりふ》です。リミフィニア様……」

「え……？」

ブライアンが彼女をじっと見る。

「なぜ王家ともあろう高潔な方々が、魔族という穢《けが》れた種族などと手を結ぼうとしているのですか？」

「え？　え……？」

ブライアンの言葉に、リミフィニアがきょとんとする。

逆に彼の語気は強くなっていった。

「我ら誇り高き人族は魔族なんかと手を結ぶべきではないっ！　なぜそんなことが分からないのですかっ!?　なぜ勇者たちは魔族と同盟を結ぼうとしているのか!?　そして、なぜ王家がそれに追従しようとしているのかっ……!?」

「え……？　だ、だって……」

「これは人族全体に対する許し難い裏切り行為であるっ……！」

「そうだ！」

「その通りっ……！」

ブライアンが高らかにそう宣言すると、周りの誘拐犯たちからも賛同の声が上がる。

リミフィニアは目を丸くする。ずっと自分を護衛してくれていた王族親衛隊隊長がそんな考えを持っていたなんて、知らなかった。

「えぇっと……あなたたちは、魔王家の方々との同盟に反対なのですか？」

「当たり前ですっ……！」

ブライアンの目がくわっと見開かれる。

彼やこの場にいる皆は、絶対的な魔族排斥の考えを持っていた。

熱気が渦巻き始める。

「今ここに宣言するっ！　我らは『人族生粋主義同盟』！　人族の誇りのため、正義を為《な》す者であるっ……！」

「オオオオオオオオオオオオオオォォォォォォォォォォォッ……！」

ブライアンが高らかに拳を突き上げると、馬車の中に大きな歓声が轟《とどろ》いた。その熱狂ぶりに、馬車全体が震えるかのようであった。

「まずは我らがバッヘルガルン王家の考えを正し、魔王城別荘に総攻撃を行うよう道理を説く！　そのために王女の身柄は確保した！　正義は我らにある！」

「異議なし！」

「我らの正しさを思い知らせてやるっ！」

つまり彼らはリミフィニア王女を人質にして、王家を脅迫するつもりであった。

「そ、そんなの上手くいくはずありませんっ……！」

困惑しながら、リミフィニアは叫ぶ。

狂気をはらんだたくさんの目が彼女の方を向くけれど、リミフィニアはそのプレッシャーに負けず、声を張り上げる。

「こんな誘拐事件、絶対すぐにボロが出ます！　関所で検問を受けたりしたらすぐに露呈します！　上手くいきっこありませんっ……！」

「…………」

「あなたたちのやろうとしていることは国を敵に回すことなのですよ!?　国軍の力を甘く見ないことです！　あなたたちはすぐに捕まるでしょうっ……！」

リミフィニアは気丈に声を上げる。

「ふふ、ふふふ……」

「……？」

しかし、ブライアンの口から出てきたのは笑い声であった。

「ふふふっ、はははははっ……！　リミフィニア王女、あなたが考え付くことなど、既に対策は立てている！　何も無策で王城に突っ込むわけではないっ！」

「な、なにをっ……!?」

「私の地位をお忘れか？　『王族親衛隊隊長』。その権限を利用すれば戦力など十分過ぎるほど確保できる！」

「……っ!?」

王族を直接護衛する王族親衛隊は、軍隊の中でもかなり地位の高い役職となっている。その隊長ならば、様々な兵器を用意するなどたやすいだろう。

ここでようやく、リミフィニアは気付く。

自分の乗っているこの馬車が、ただの馬車ではないことに。

「気付きましたか⁉　リミフィニア様！　そう、この馬車そのものが兵器なのです！　軍隊の最新技術が搭載された、最強の兵器なのです！」

「なっ、なんですって……⁉」

「この馬車は戦車！　チャリオットと呼ばれる戦争用の馬車を改造した、最新型の戦車なのですっ！」

リミフィニアの額に一筋の汗が垂れる。

この馬車は『戦車』だった。

三頭の馬が凄《すさ》まじい勢いで馬車を引いており、その馬は魔法によって大幅に強化されている。通常の馬より体が一回りも二回りも巨大化しており、あらゆる身体能力が大幅に上昇していた。

三頭の馬は全て重厚な鉄の鎧《よろい》を身に纏《まと》っていて、この馬の突進を止めるのは容易ではなさそうだった。

馬車の車体も金属製で、装甲は厚い。

ちょっとやそっとの衝撃では傷を付けることすらできやしない。

そして、殺傷能力を高めるために車輪には鋭い棘《とげ》が付いており、人を轢《ひ》き殺すのに適した形になっている。

これらのことはリミフィニアからは見えなかったが、通常の馬車では出せないような速度を感じ取り、これが普通の馬車でないことを悟った。

さらに馬車の中には魔法式の大砲まで備えられている。攻城用の兵器であり、一発放てば固く閉ざされた城門をたやすく撃ち砕いてしまうだろう。

そんな恐ろしい兵器まで搭載されているとは――

この馬車は国の軍隊の最新兵器だったとリミフィニアは改めて驚き、息を呑《の》んだ。

そうやって馬車の中を観察していると、リミフィニアはとあることに気付く。

「……え？」

「おやおや、やっと気付きましたか？」

聞こえてくる馬車の音が、一つではないのである。

窓はカーテンで覆われていたが、外からはたくさんの蹄《ひづめ》や車輪の音が聞こえてくる。五台か六台もの馬車がすぐ近くにいることを示していた。

いつの間にか、同じような馬車――『戦車』が何台も横を並走していたのである。

「…………」

リミフィニアの顔がさっと青くなる。

まさか本当に、この親衛隊隊長は魔族相手に戦争を起こす気なのだろうか？　現実味を帯びてきたその考えに、彼女の頭の中が真っ白になっていく。

「さて、リミフィニア様が先ほど懸念していた関所での検問についてですが……」

「………」

「ちょうど答えが出そうですね。特別にカーテンを開けて差し上げましょう」

ブライアンがカーテンを引き、外の様子が見えるようになる。

関所は目前まで迫って来ていた。

石造りの強固な壁が立ちはだかり、門以外の場所からこの先へと進むことを強く拒んでいる。

堅牢《けんろう》な門が固く閉ざされ、この道を通る者の行く手を阻んでいる。通行許可証を持った者だけがその門をくぐることができ、違法な通行を固く禁じている。

しかし、これらの戦車はそんなこと一切気にしない。

速度を緩める様子はなく、地響きを立てながら猛烈な勢いで直進を続ける。

関所を守る衛兵たちもこの異常事態に気付いたのか、慌てふためく様子が見える。

たくさんの兵が関所の建物の中から出てきて、止まれー！　止まれーっ！　と叫び声を上げている。

しかし彼らは既に及び腰であった。

無理もなかった。強大な戦車隊が一丸となって突進してきているのである。

彼らにできることは何もなかった。

「突撃ぃっ！」

「ウオオオオオオオオオオォォォォォォォッ……！」

一方、戦車の中の兵たちは、狂ったような熱気の中で雄叫《おたけ》びを上げる。

そのままの勢いで戦車を走らせ続け、関所の門に激突した。

結果は関所側の大敗だった。

六台もの戦車の突進は凄《すさ》まじく、頑丈な門扉を破壊し、柵を打ち破り、兵士たちを吹き飛ばした。

見るも無残に関所を破壊し、革命軍の一団は一切スピードを緩めないまま関所を乱暴に通り過ぎて行った。

戦車側に大した損傷はない。強固な関所を突破してなお、馬たちに怪我《けが》もなく、車体にも損傷はない。

この最新式の兵器の威力を誇示しているかのようだった。

「どうです？　我々を止められる者などどこにもいないっ……！」

「…………」

ブライアンが自慢げに、声を張り上げる。

周囲の者たちのテンションも非常に高くなっていた。自分たちが用意した兵器が強大な力を発揮したことによって、向かうところ敵なしとばかり大きな力に酔い痴れた。

「あなたたちは……このまま戦争を起こすつもりなのですか……？」

「戦争……確かにそれに近いかもしれません」

声を震わせるリミフィニアに、ブライアンが小さく笑いながら返事をする。

「我々はこれから王都を強襲します。いくら厳重な警備が敷かれている王都といえども、この六台の最強の戦車で不意打ちをかければ、その防御を破り、制圧することができるのです」

「なんて無茶苦茶な……！」

「確かに厳しい戦いになることは予想できる！　だが計画は全て上手くいっている！　我々は王女を人質に取り、最新式の兵器を用意し、今のところ王家は完全に後手に回っている！　魔族なんかと手を組もうとしている王家の惰弱な方針を、撤回させなければならないのだ！」

ブライアンが拳を強く握りしめる。

「全ては人族の正義のためなのである！」

その目は狂信的な正義の色で染まっていた。

「王家を変革した後は、勇者たちを粛正する！　元より、魔族などと交流を始めた元凶が奴らだ！　我らの手で腐った勇者たちを断罪しなければならない！」

「ちょ、ちょっ……!?　待ってください!?　勇者様たちにまで攻撃を仕掛けるおつもりなのですか……!?」

リミフィニアはびっくりする。

「あなたたちは本物の大バカ者ですか!?　勇者様たちは世界中の希望！　民衆から絶大な人気があります！　そんな彼らを敵に回したら、世論全てを敵に回すようなものですよっ!?　そんなことも分からないのですか……!?」

リミフィニアは、別に彼らのことを心配して意見を言ったのではない。

ただ、現在勇者たちは世界中の人々から多大な支持を受けている。そんな彼らを敵に回すなんて、現実的ではなく馬鹿馬鹿しさすら感じられる。

そう思ったら、つい自然に非難の言葉が漏れ出ていた。

「おやおや、ご存じないのですか？　リミフィニア様？」

「え……？」

ブライアンは余裕の表情を崩さない。

にやにやと笑いながら、彼は言った。

「世間では密かに話題になってきています。新たな世界の希望が現れた、と。人を救い、世界を救う新しい人材が世に現れたと、一部の地域で噂《うわさ》が広まってきているのですよ」

「な、なにが……？」

「――新たな勇者が誕生した、という話題ですよ」

リミフィニアは目を丸くした。

「へ……？」

突然もたらされた情報に、彼女の理解が追い付かない。

新しい勇者が誕生した？

一体どういうことだろう？

混乱、というより何が何だかよく分からなかった。

勇者というのは聖剣に選ばれた唯一無二の存在。カインただ一人。

そう思っていたし、世界の常識としてもそうである。

だがそんな常識を覆して、世界の片隅でひっそりと、新たな勇者が頭角を表そうとしているという。

「新たな……勇者……？」

「我々はその新たな勇者を擁立《ようりつ》する！　現在の腑《ふ》抜《ぬ》けた勇者を駆逐《くちく》し、新時代の勇者を世に知らしめる！　そうすれば世論は我々を非難するどころか、むしろ真の勇者を見出《みいだ》した賢者として称賛することになるだろう！」

「ちょ、ちょっと待ってください!?　新たな勇者とは何ですかっ!?　その方は一体何者なのですかっ……!?」

「分かりません」

「はぁ……？」

リミフィニアは思わず眉を顰《ひそ》める。

しかし気にせず、ブライアンは続ける。

「新たな勇者については、まだ素性すらも全く分かりません。情報は少なく、把握できるのは、その者が自ら真の勇者を名乗っているということと、謎めいた実力を示しているということだけ……」

「真の勇者……」

「だが我らの思想は受け入れられるはず！　なぜなら勇者とは、本来魔物を殺すための存在だからです！　あの頭のおかしいカインどもとは違い、魔族を排斥するという思想は受け入れられるはず！　場合によっては私自らが新たな勇者のメンバーに入ってもいい！」

「………」

目の前のブライアンは、今の勇者チームに加わっていたかもしれない人物である。

それが形を変えて、現実のものとなるかもしれなかった。

「我々の正義は、新たな勇者によって実現されるっ……！」

「素晴らしい……！」

「さすがは我らのリーダーっ！」

ブライアンの演説が終わると、彼の仲間から熱い拍手が起こる。

皆、恍惚《こうこつ》とした表情を浮かべている。自分たちだけの正義に心酔し、心の底から充実感を感じているようだ。

魔族を皆殺しにして、自分たちが世界の救世主となることを信じて疑わない。

自らの思想の熱気によって暴走した集団が、そこにあった。

だから、リミフィニアが彼らの信条に冷水を浴びせた。

「あなたたちは正義なんかじゃありません」

「…………」

一瞬、場がしんと静まり返った。

「勇者とは魔物を殺すための存在ではありません。人の命を守り、慈しむための存在です。カイン様たちは魔王家と同盟を結ぶことで、多くの人を救おうとしているのです。それすら分からないあなたたちに、正義を語る資格はありませんっ！」

「王女様、お黙りなさい……」

「いいえ！　黙りませんっ……！」

兵たちの殺気がリミフィニア一人に注がれる。

それでも彼女は口を閉ざさない。体が震えそうになるのを何とかこらえ、勇気を振り絞って声を張り上げる。

「大体！　まず始めに暴力に訴えようとする姿勢がおかしい！　自分たちの正義に自信があるのなら、それを大きな声で叫べばいい！　それが本当に正義なら、たくさんの人から支持を受けるはず！　暴力に頼らずとも、わたくしのお父様を説得できるでしょう！」

「リミフィニア様、我々を侮辱する気ですか……？」

「なのにあなたたちが真っ先に行ったのは、誘拐！　脅迫！　暴力！　これの一体どこが正義なのですか⁉　自分の言うことを聞かせるために他者に乱暴を働くことを、人は幼稚と言うのです！」

「……っ！」

「恥を知りなさいっ！」

馬車内の者たちの顔が、真っ赤に染まっていく。

拳がぎゅっと握られ、血管が浮き出る。皆が、殺気立った視線をリミフィニア王女に向け、歯ぎしりする。

それは怒りの感情だった。だが、それ以外の感情も混ざっていた。

反論できなかった。

ただ、顔が赤くなっていった。

「……腕一本なら、よい脅しになるでしょう」

「……っ!?」

そんな時、ブライアンが低い冷徹な声を発した。

彼は仲間と同じように顔を真っ赤にしていた。自らの心の内で、彼女の言うことは間違っているのだと、必死に否定しながらプライドを守っていた。

「人質は命を取りさえしなければ十分な価値がある。多少痛めつけても問題ありません」

「くっ……！　卑怯者《ひきょうもの》！」

「我々に口答えしたあなたが悪い」

ブライアンが腰の剣を抜き、リミフィニアに近づく。

彼らのプライドはそうでもしないと守れなかった。溜《た》まった鬱憤を晴らすため、今しがた批判されたばかりの幼稚な行動に出ようとする。

「……っ！」

リミフィニアはぎゅっと目を瞑《つぶ》る。

馬車は走り続けている。

助けは来ない。

これから痛いことをされるのだと、恐怖で体が竦《すく》む。

しかし後悔はしない。言うべきことを言ったのだと、一国の王女として悪に屈しなかったのだと、心だけは奮い立たせる。

ブライアンがリミフィニアのすぐ前に立つ。

彼女はぎゅっと歯を食いしばり、痛みに耐える準備をする。

少女を傷つけようとする悪人は、剣を高く振り上げた。

――その時だった。

「報告！　報告っ……！」

「ん……？」

馬車の見張りが大きな声を出した。

「何かが……何かが後ろから猛スピードで迫ってきております……！」

「は？」

ブライアンの意識がそちらに向く。

「何かって、なんだ？」

「分かりませんっ……！」

「んんー？」

見張りの曖昧な報告に怪訝《けげん》な顔をしながら、ブライアンは手を止めて窓に近づき、外の様子を眺めた。

馬車の中の者たちもリミフィニアから関心を移し、窓の外に注意を向ける。言うまでもなく、自分たちに迫る何かの方が彼らにとって問題であった。

「国軍が我々の存在に気付いたのか？　しかし、馬車や戦車の類はあり得ないぞ？　この戦車は最新式の兵器。このスピードに追い付いて来られる乗り物など存在しない」

「分かっております！」

「そうなると……考えられるとしたら単騎の馬か何かか……」

今、この戦車は凄《すさ》まじいまでのスピードが出ている。魔法で強化された三頭の馬に引かせており、通常の馬車なんて目ではないほどの速度で道を駆け抜けている。

そんな自分たちに追いつけるとしたら、同じように魔法で強化をした身軽な単騎の馬くらいしか考えられなかった。

それならば何も怖くはない。

追い付いてきたところでこの戦車の武力には太刀打ちできない。軽く蹴散らして進めばいいだけである。

「んんー……？」

しかし、何かがおかしい。

迫ってくる何かは遠く、よく見えない。

よく見えないが、馬よりも小さいもののようだ。

馬でなければなんだというのだ？　ブライアンは眉を顰《ひそ》める。

「あれは、なんだ……？」

「馬か？」

「戦車か……？」

謎の影はだんだんと近づいてくる。

土埃《つちぼこり》が大きく舞う。

力強く駆け、もの凄《すご》い勢いで自分たちに近づいている。

「まさか、新手の魔物……？」

そして、皆が迫りくる何かをその目で捉えた。

「に、人間だあああぁぁっ……!?」

「バ、バカなっ……!?」

皆が驚愕《きょうがく》に包まれる。

迫ってくるのはただの人であった。

何の変哲もない走り方でこの戦車に近づいてくる。二本の足で駆け、地響きを立てながら、恐ろしいまでの速さで迫ってくる。

種も仕掛けも何もない。

人間が、ただ走ることだけでこの戦車に迫ってきていた。

そんなことはあり得ない。

こんなバカなことあり得るはずがない。彼らの中の常識が、今見えている光景を頭の中で必死に否定しようとしている。

この戦車は今、時速70キロ以上出ている。これは身軽な馬が一頭で走るのと同じか、それよりも速いくらいの速度であった。

通常の馬車が時速10キロくらいなので、この戦車の馬がどれだけ強化されているか分かるというものである。

それなのに後ろの人間は、ただ走ることでこの戦車に追いつこうとしている。

あり得ない。

信じられない。

あの人間は馬よりもずっと速く走っていることになる。

「なんだ、これはっ……!?　何かの間違いか……!?」

「何かの間違いって……でも実際あの人間追い付いて来てますよっ……!?」

「じゃあお前はこの戦車より速く走る人間がいるというのかっ!?」

「で、でもっ……！」

戦車の中が混乱に包まれる中、じわじわとその人間が追い付いてくる。

そして、顔が見分けられるほど、その人影は近くなる。

それは一人の少女だった。

「あれはっ!?　リーズリンデ……!?」

ブライアンの表情が驚愕《きょうがく》に染まる。

「誰ですっ!?」

「学園の一女生徒だっ……!」

リズだった。

リズが全力疾走して、この戦車に追いつこうとしていた。

「うおおおおおおおおぉぉぉぉぉぉっ……!」

綺麗《きれい》な金髪を激しくなびかせながら、リズは爆走する。

背筋を伸ばし、腕を大きく振り、綺麗なフォームで地を駆ける。己の力のみで、地上最速の兵器にじわじわと追い付いてくる。

「待てええぇっ！　誘拐犯どもめえええええぇぇっ！」

あの時、リズはリミフィニアがブライアンに拘束されるところを、偶然目撃していた。

街中で彼女と別れた後、野暮用を思い出して彼女を追いかけたら、偶然その場に出くわしたのである。

ブライアンたちの行動は素早く、リズがその時見たものを頭の中で整理しきる前に、すぐ戦車は走り出してしまった。

彼女はすぐに街の衛兵たちに、今目撃したことを報告する。

最低限の連絡を済まし、王家などへの報告はその衛兵たちに任せて、自分は単身この戦車を追ってきたのである。

そして今に至る。

全力疾走したリズは、誘拐犯どもに肉薄していた。

「これが……『誰でもできる！　勇者式ブートキャンプ』の力だあああああああぁぁぁぁぁぁぁぁぁぁっ……！」

「何か叫んでいるようですがっ⁉」

「知るかっ！　なんとかしろっ……！」

「でああああああぁぁぁっ……！」

リズが雄叫《おたけ》びを上げる。

彼女は勇者チームの中で厳しい修業を積んでいた。

それが『誰でもできる！　勇者式ブートキャンプ』である。

元々は一般家庭向けの健康運動メニューであった。

出版社からの依頼もあり、勇者チーム監修のもと、手頃なダイエットのトレーニングメニューとしてブームになるはずだった。

だけど勇者チームは常識が狂っていた。

これぐらいでちょうどいいだろう、と気軽に作ったメニューはあまりに苛酷だった。

屈強な軍人がその運動メニューを試して挫折。さらに高名な冒険者もそのメニューを試して挫折。

その『誰でもできる！　勇者式ブートキャンプ』は絶版になった。

一生懸命作った本が売れず勇者チームの皆は涙を流すが、明らかに自業自得であった。

こうして『誰でもできる！　勇者式ブートキャンプ』は『誰もできない』いわく付きの特訓メニューとして、名を残すこととなっていた。

それを、勇者チーム新人のリズは、入門特訓メニューとしてやらされていたのである。

「ああああぁぁぁぁっ……！　カイン様たちのアホおおおぉぉぉぉっ……！」

戦車を追いかけながら、リズは叫ぶ。

今自分は、高速戦車に走って追いつこうとしている。

それが人間としての常識でないことは彼女も承知であった。

『誰でもできる！　勇者式ブートキャンプ』によって、人間の限界を大きく超えた、屈強な体を手に入れてしまったのである。

何が軽い運動メニューだ。

完全に人体改造の領域ではないか。

なんでごくごく普通の一般的な女生徒の自分が、人間向けではないとしか思えない狂ったトレーニングをこなさなければならないのか。

リズは心の中で悪態をついた。

「うおおおぉぉぉっ……！　こんなの人間のやることじゃねえええぇぇっ！　いつか仕返ししてやるううぅぅっ……！」

「な、謎の女が恨み言を叫んでいますっ……！」

「なんだっ……⁉　なんなんだ、一体っ……⁉」

心の中だけでなく、実際にも不満を声に出して叫んでいた。

ちなみに記憶を失う前のリズも、当然この運動メニューの制作に関わっている。

過去の自分の非常識が、今の自分を苦しめていた。

「な、何をしている！　あの女に矢を放て！」

「か、かしこまりましたっ……！」

戦車の後ろの扉を開き、中の兵士たちがリズに向かって弓を引く。

びゅうと風を切りながら矢が走り、狙い違《たが》わず彼女に向かって飛んでいく。

が、しかし。

「ふんっ！」

「な、なにいいぃぃっ……⁉」

リズの体が飛んでくる矢を弾いた。

彼女がちょっと体を力ませるだけで、鉄製の矢尻は彼女の体に刺さらず、まるで鉄と鉄がぶつかるような鈍い音を立てて弾き飛ばされていく。

『誰でもできる！　勇者式ブートキャンプ』によって、彼女の体は鉄よりも硬くなってい
た。

「なっ、なんなんだ、あの女はっ!?　人間じゃないのかっ……!?」

「こわい、こわいよぉ……！」

リズの走るスピードは全く落ちていない。彼らはほんの少しも彼女を足止めすることが
できていなかった。

兵士たちが戦慄《せんりつ》する中、ますます彼女との距離が詰まっていく。

「……大砲だっ！　大砲を使え！」

「えぇぇぇっ!?　あれは攻城用の兵器であり、人に向けるものではありませんがっ!?」

「そんな悠長なこと言ってる場合か!?　いいからさっさと用意しろっ！」

ブライアンが檄《げき》を飛ばす。

この戦車には魔法式の大砲が備えられている。

城壁や城門を吹き飛ばし、強固な城を破壊するための代物であり、人間がこの攻撃を受
けてしまったら、肉片一つ残らず吹き飛ばされてしまうだろう。

その砲門が、か弱き一人の少女に向けられてしまった。

「撃てぇぇぇぇっ……！」

耳をつんざくような轟音《ごうおん》を上げると同時に、魔法大砲が火を噴く。

大砲の弾はリズを直撃した。

大きな爆炎を巻き上げながら、周囲に大規模な破壊をもたらしていく。

爆発の煙が高く舞う。

地面は抉《えぐ》れて土埃《つちぼこり》が舞い、周囲の視界が悪くなる。

「やったぁっ……！」

「勝った！　勝ったぞぉ……！」

戦車の中で歓声が沸き上がる。

自分たちは勝利した。

走って戦車に追いついてくるような化け物を退治することに成功したのだ。勝利の喜びに身を震わせながら、皆大きな雄叫《おたけ》びを上げていた。

少女の死体は確認できていない。爆発地点の周辺は煙がもくもくと上がっており、辺りを詳しく観察することはできない。

だけど、あの砲弾を食らって生きているわけがない。

そんなの、確認するまでもないことだった。

「え……？」

しかし、現実は苛酷だった。

爆炎の中から少女が姿を現した。

「うわああああぁぁぁっ……!?」

「生きてるっ……!?　嘘《うそ》だろ、生きてるなんてっ!?」

車内に悲鳴がこだまする。

彼女は何も変わらない様子で走り続けていた。服が多少焦げているくらいで、体には傷一つなく、綺麗《きれい》なフォームを保ったまま爆走を続けている。

砲弾は間違いなく直撃したはずだった。

しかし、少女の爆走は全く止まらない。

砲弾よりも少女の方が強かった。

単純で、しかし信じ難い真実がそこにあった。

「これが『誰でもできる！　勇者式ブートキャンプ』の力だあああぁぁぁぁっ！」

「なんだよっ!?　あいつ、なんなんだよぉっ……!?」

「に、人間じゃねえっ……！」

馬車内は阿鼻《あび》叫喚《きょうかん》となった。

自分たちの常識外の存在がずんずんと近づいてきて、それを止められない。

戦車の中はパニック寸前だった。

「うわあああぁぁぁっ……！」

「き、来たああああぁぁぁぁっ……！」

そして、少女は最後尾を走る戦車に追いついた。

追いついてしまった。

戦車の中の兵士たちは、青い顔をしながら武器を構えて戦闘の準備をする。謎の少女がこの中に乗り込んできた時に応戦するためだ。

兵士たちは息を呑《の》んで、化け物と戦う覚悟を決める。

「え……？」

しかし、彼女は乗り込んでこなかった。

兵士たちは疑問を覚えたが、その次の瞬間、馬車全体が傾いた。

「えっ、えっ……!?」

「な、何が起こっているっ……!?」

もはや立っていられないほど車体が傾き、兵士たちは転がりながら悲鳴を上げる。

「ふぬぬ……ぐぬぬぬぬぬ……！」

少女は馬車そのものを持ち上げていた。

走り続ける馬車の下に潜り込み、それを腕力のみで持ち上げる。馬車が傾いたのはそのためだった。

車体は鉄製の分厚い装甲で覆われており、普通の人間が持ち上げられるような重量ではない。

それが、可憐な少女の細い腕によって浮き上がる。

馬車を引いていた三頭の馬は、バランスを崩して地に倒れる。

常識外の事態であり、馬車の中にいる人間たちは、自分たちに一体何が起こっているのか、想像することもできなかった。

「ぐぬぬぬ……！　プログラム十二番！　『岩持ち上げの運動』ーーーっ！」

「な、何が起こっているんだあああぁぁあっ……!?」

「誰か助けてええぇぇぇっ……！」

「ママーーーーーーーっ！」

「でやぁっ！」

少女が馬車を放り投げる。

高く高く弧を描き、何十メートルも先まで投げ飛ばされた。

まるでミニチュアのおもちゃを扱うかのように、最新式の兵器は雑に投げ捨てられ、地面に激突した。

「ぎゃああああぁぁぁっ……!?」

車内から悲痛な叫び声が漏れる。

巨大な馬車が地面にぶつかり、高く土埃《つちぼこり》が舞った。衝撃は凄《すさ》まじく、それだけで中にいた兵士たちはほぼ全員が戦闘不能になってしまった。

「ば、化け物だあああぁぁぁっ……⁉」

「ゴリラだああああああぁぁぁぁっ……⁉」

その光景を見ていた別の戦車の兵たちは悲鳴を上げる。

重厚な戦車が軽く宙を舞う光景は、どこか現実離れしていた。実は今は夢の中で、自分たちは悪夢を見ているのではないかと心の底から思っていた。

やがて、少女は別の戦車へと追いすがる。

「ひぃいいぃぃぃぃっ……⁉」

「やめろっ……！　もうやめてくれえええぇぇっ……！」

懇願すれど、彼女は止まらない。

先ほどと同じように車体が持ち上がる。

兵士たちにはどうしようもない。泣きながら叫び声を上げるが、鬼のような少女は少しも動きを止めなかった。

「『岩投げの運動』ーーーっ！　ふんっはあああぁぁぁぁっ……！」

「ぎゃああああぁぁぁぁっ……⁉」

「えっ⁉　おいっ、こっちに飛んで来るぞぉぉっ……⁉」

「か、回避間に合いませんんんっ……！」

「いやあああぁぁっ……!?」

また、おもちゃのように戦車が投げ飛ばされる。

その戦車は、別の戦車を巻き込みながら地面に落ちた。

二台の戦車が激突し、鉄と鉄がぶつかり合う鈍い音が周囲一帯に響き渡る。分厚い装甲が無残なまでにへこみ、痛々しく損傷してしまう。

当然中にいる者がその衝撃に耐えられるはずがない。全員気絶してしまった。

たった数十秒で、合計三台もの戦車が潰されてしまった。

「に、人間一人くらいひき殺してやるっ……！」

「お、俺たちは逃げも隠れもしねえぇぇっ……！」

残った三台の戦車は逃げに回らず、逆に攻勢に出る。

旋回し、少女に向かって正面から突進しようと試みていた。

全速力で馬を走らせて、謎の少女をひき殺そうとする。魔力で強化された馬は普通よりも一回りも二回りも体が大きく、その上鉄の鎧《よろい》を身に纏《まと》っている。

さらに戦車の車輪には鋭い棘《とげ》が付いており、巻き込まれてしまったら人の体は簡単にひき肉になってしまうだろう。

小細工のない正面衝突。

馬に踏み潰されたとしても、車輪の下敷きになったとしても、か弱い少女に生存の道などないように思えた。

「うりゃあああああぁぁぁぁっ……！」

だが、彼女はその勝負を受け入れた。

回避などせず、全身に力を入れ、愚直に前へと走り続けた。

「死ねっ！　化け物おおぉぉぉっ……！」

「『岩壁への突進運動』ーーーっ！」

三台の戦車と一人の少女が激突した。

「うおおおおおぉぉぉぉっ……！」

「ぎゃあああああああぁぁぁぁぁぁっ……!?」

勝ったのはリズだった。

可憐な少女のタックルによって、三台の戦車が吹き飛ばされる。

鉄でできた馬の鎧《よろい》は砕け、装甲の厚い車体がひしゃげて高く宙を舞う。自慢の車輪は粉砕され、粉々になってごみ屑《くず》と化す。

中から絶望の悲鳴が溢《あふ》れ出す。空中で揺さぶられながら、兵士たちは現状を理解することを放棄する。彼らにできることは、ただ泣き叫ぶことだけだった。

少女には傷一つなかった。

巨大な馬の蹄《ひづめ》も、車輪の鋭い棘《とげ》も、彼女には通じなかった。

全ては粉砕され、ただ宙を舞うのみだった。

「きゃあああぁぁっ……！」

そんな時、戦車の中から幾人かの女性が飛び出した。

リミフィニアとそのお付きの侍女たちである。この衝撃によって、馬車の中から投げ出されてしまったのだ。

「おっとっと！」

リズはぴょんと地面を跳ね、彼女たちを素早くキャッチする。

そして地面にそっと下ろし、リミフィニアたちを守った。

「大丈夫ですか？　リミフィニア様？」

「リ、リーズリンデ様……？」

リズは彼女に優しい笑みを見せる。お姫様を救ったヒーローの顔をしていた。

だけどリミフィニアは目を丸くしている。

まさか六台の戦車を生身で殲滅《せんめつ》してしまうとは思わなかった。助けてもらったのは死ぬほどありがたいが、常識外れの現状に理解が追い付いていなかった。

「ふんっ！」

リミフィニアを縛っていた鉄の鎖を、リズは素手で引きちぎる。

王女は今こそ自由の身となり、リズは人質の救出に成功した。

「あ、ありがとうございます……リーズリンデ様……」

「どういたしまして」

リズが優しく、嫋《たお》やかな笑みを彼女に向ける。

どう見ても、今しがた戦車を六台吹き飛ばした人とは思えない。

リミフィニアは、ただただ唖然《あぜん》とするほかなかった。

「う、うぅ……」

そんな中、外に投げ出された一人の兵士が呻《うめ》き声を上げた。

地に倒れ、全身に痛みが走っているけれど、かろうじて意識は失っていない。

六台の戦車が一人の少女に蹂躙《じゅうりん》されたなんて到底信じられないけれど、その兵士は全身に力を入れ、なんとか立ち上がろうともがいていた。

そんな健気な兵士に、リズはゆっくり近づいた。

「誘拐犯さん、誘拐犯さん」

「ひっ……!?」

リズはしゃがんで、その兵士の顔を上から覗《のぞ》き込む。

兵士の顔は真っ青になる。目の前の少女は可愛らしい顔をしているが、悪魔のような人間であることは身をもって実感している。

少女は鞄《かばん》から一冊の本を取り出した。

「『誰でもできる！　勇者式ブートキャンプ』一冊千ゴールドでいかがですか？」

「…………」

少女はにっこりと微笑《ほほえ》む。

その兵士は泡を吹いて気絶するしかなかった。

こうして一人の無垢《むく》な少女は『誰でもできる！　勇者式ブートキャンプ』によって健康的に鍛え上げられ、一つの戦場を地獄へと変えてしまったのであった。

第47話　【過去】格闘王ブートキャンプトレーニング！

「フーハッハッハッハ！　魔法が使えない気分はどうだ⁉　聖女メルヴィよ！」

「くっ！　なんと卑怯《ひきょう》な……！」

「魔法の使えない聖女なんて、なんと無力な存在だろうか⁉　なぁっ⁉」

薄暗い地下室で、一人の魔族が愉快そうに高笑いをしている。

今、聖女メルヴィはピンチだった。

光の届かない殺伐とした石造りの部屋。メルヴィはたくさんの魔族に囲まれ、下卑た笑いを向けられている。

今、この地下室は特殊な結界が張られていた。

そのため、魔法が使えないのである。

メルヴィは魔族の手によって、魔法を封じる結界が張られた地下室に誘い込まれてしまったのだった。主に魔法を使って戦う彼女にとって、魔法封印は致命的な状況であった。

メルヴィは魔族の卑劣な罠《わな》にかかり、絶体絶命の状況となっていたのである。

この事件の始まりは、魔族がとある村を襲撃したことだった。

魔族の一団は圧倒的な力によってその村を難なく制圧し、自分たちの支配下に置いた。たくさんの村人を人質に取り、無理やり従わせていた。

その襲撃の情報は村の外に漏れることはなかった。魔族たちは大掛かりな破壊活動をすることなく、静かに迅速《じんそく》に村を制圧したからである。

外から見れば、その村は平穏そのものであった。

彼らには計画があった。

聖女メルヴィをおびき寄せようとしたのである。

その村には教会があり、何か問題があれば本部や支部に救援を要請することができる。

魔族たちは、魔族による襲撃とは全く関係のない問題をでっちあげて、教会の依頼として聖女メルヴィをこの村に呼び出したのだった。

教会からの要請があれば、聖女である彼女はそこに赴かざるを得ない。

そして魔族たちは罠を用意した。

教会の地下室に、魔法封印の結界を張ったのである。

その結界は準備するのに長い時間がかかるものであったが、村を完全に支配している魔族たちにとって、時間は大した問題ではなかった。

村の住人は逆らえない。

大切な家族が人質に取られているからである。

そうして教会の仕事として一人でその村を訪れた聖女メルヴィは、罠《わな》にはめられ、教会の地下室に誘い込まれてしまった。

魔法封印の結界の中に閉じ込められ、絶体絶命の窮地に陥ってしまったのである。

「フーハッハッハッハ！　バカな女よ！　こんな小さな村の頼みなど無視していればよかったのだ！　こんな何もない村を助けても全く得などありはしない！」

魔族のリーダーが勝ち誇ったようにゲラゲラと笑う。

目の前にいるのは魔法の使えない魔法使いの少女が一人。ちっぽけな虫けら同然の存在であった。

対して、その魔族のリーダーは体格に恵まれていた。

虎《とら》の獣人であり、身長が三メートル近くもある。筋肉で体が膨れ上がっており、見るからに強靭《きょうじん》そうな体をしていた。

彼の部下たちは近接戦闘に優れた者ばかりが選ばれていた。魔法が使えない罠を仕掛けているので、当然のことだった。

「くっ！　卑怯者《ひきょうもの》たちですっ……！」

メルヴィは額に汗を垂らす。

この地下室の出入り口は一つしかない。

しかし、そこは魔族の一団が完全に押さえている。そこに辿《たど》り着くためには、壁となる敵を大勢倒さなければならない。

誰がどう考えてもとても不利な状況だった。

「フハハハハッ！　なんとでも言うがいい！　所詮は敗者の戯言《たわごと》！　何をしたって勝てばいいのだ！」

魔族のリーダーがそう言うと、部下たちが大きな声で笑いだす。

彼が一歩前に足を踏み出す。

メルヴィはもう既に背中が壁面に付いており、これ以上後ろに下がれない。

敵が距離を詰めてくるが、メルヴィの逃げ場はどこにもなかった。

「呆気《あっけ》なかったな！　勇者の聖女よっ！」

「………………」

魔族のリーダーが大きな斧《おの》を振りかぶる。

「勇者メンバーの一角は、我が崩したぞぉっ……！」

叫びながら、強烈な一撃を放った。

巨大な質量の斧が小さな少女に向かって振り下ろされる。まともに食らえば、彼女の体はたやすく両断されてしまうだろう。

今、恐怖の一撃がメルヴィに降りかかろうとしていた。

――が、

「空中回転回し蹴りぃぃぃっ……！」

「えっ？」

彼女が飛び跳ねながら体を回転させ、強烈な蹴り技を放った。

敵の斧《おの》を躱《かわ》しつつ、そのまま攻撃へと転じる一撃。

彼女の足が敵のリーダーの顔にめり込んだ。

メルヴィの空中回転回し蹴りが、敵の顎にクリーンヒットしたのである。

「え……？」

魔族の軍団たちは一瞬何が起こったのか分からなくなる。

その回し蹴りは非常に美しかった。

小さな体を躍動させ、敵の頭のある位置まで数メートルもジャンプしながら攻撃している。大きく体を回転させ、遠心力を最大限に活かして技の威力を高めている。

何一つ無駄な動きがない、惚《ほ》れ惚《ぼ》れするほど洗練された格闘技だった。

「ぐふぅ……」

魔族のリーダーは顎を砕かれ、小さな呻《うめ》き声と共に地に倒れる。

頭をぐわんぐわんと揺さぶられ、そのまま気を失った。

「え……？」

「な、なにが起こった……？」

魔族たちは目の前で起こったことが理解できず、唖然とする。

聖女が回し蹴りを放つなんて、理解し難い。

その美しいまでの無慈悲な蹴り技は、どう考えても魔法を得意とする者の動きではなかった。

「はあああああああぁぁぁぁぁぁぁぁっ……！」

驚き固まる魔族たちに、メルヴィが襲いかかる。

「ジャブ！　ジャブ！　アッパー！　鉄山靠《てつざんこう》！　一本背負いっ！」

「ギャーーーーーッ!?」

多種多様な格闘技を繰り出し、魔族の軍団をばったばったと薙《な》ぎ払《はら》っていく。

その技はどれも流麗であった。

技の練度が究極まで研ぎ澄まされており、指の先端にまで神経が行き届いている。全身の動きの全てが理に適《かな》っていて、技の一つ一つが凄《すさ》まじい威力を持っている。

武術の達人。

彼女の姿を見て、魔族の皆がそう思う。

しかしあり得ない。

なぜなら彼女は聖女で、魔法を使って戦う人間のはずだから。そのために魔法が使えない結界を用意したのだから。

「なんなんだっ……!?　なんなんだよ、あの女っ……!?」

「あの白い髪の女は魔法使いじゃなかったのかっ……!?」

至る所から悲鳴が漏れ始める。

軍団は混乱している。リーダーは最初の回し蹴りを食らって、そのまま動かない。聖女はそれでも容赦なく、魔族を一人一人ボコボコにしていく。

メルヴィは叫んだ。

「これが『誰でもできる！　勇者式ブートキャンプ』の第四節！『世界中の格闘技を勉強してシェイプアップ！　魔法使いでもできる格闘王ブートキャンプトレーニング！』の力です！」

「な、なんだ、それはぁっ……!?」

勇者たちは一般家庭用の健康トレーニングメニューを考えていた。

そしてその中の運動メニューの一つとして、『世界中の格闘技を一通り習得する』というお手軽な地獄のメニューを作り上げていたのである。

格闘技を習得することによって、ダイエットやシェイプアップを目指そうとしていた。

技を一つ一つ習得していく喜びを感じながら、楽しく健康的な運動を行っていく。そんな充実したトレーニングメニューを開発していたのである。

今はその本の執筆中であり、完成したら出版社を通してたくさんの書店で売られる予定となっていた。

だが例によってやり過ぎていた。

手軽に、お気軽に、を謳《うた》っておきながら、求める水準は世界最高峰レベルだった。当然、ほとんどの人がついて来られないメニューになっている。

この部屋にいる魔族の皆様方は、その哀れな犠牲者となっていた。

「アチョーッ！」

「ひぃいいいいいいいいぃぃぃぃぃぃぃっ……！」

メルヴィが軽快な掛け声を上げながら、敵をボコスカに殴っていく。

魔法を得意とする聖女の、洗練された格闘技が炸裂《さくれつ》していた。

魔法使いは肉体が貧弱。

それは、ごく一般的な常識だった。魔法を主体とする後衛職は、近接戦闘を得意とする前衛職には敵《かな》わない。

そんなの、当たり前のことだった。

だけど、その常識が崩壊していく。

目の前の、小さく華奢《きゃしゃ》で、可愛らしい少女が屈強な魔族をギッタンギッタンに打ちのめしていく。

「ふっ、メルヴィ様を甘く見ましたね……」

「だ、誰だっ⁉」

その時、突然部屋の扉が開き、何者かが姿を現した。その者は両腕を組んで、混乱する魔族の軍団に声を掛けた。

「あ、リズさーん！　来たんですかー？」

リズが乱入したのだった。

「お疲れ様でーす、メルヴィ様。ご無事でしたかー？」

「ピンピンしてまーす！」

「それはなによりです」

リズとメルヴィは、二人で緩い会話を交わす。

「説明しましょう！　ここにおわしますメルヴィ様は『世界中の格闘技を勉強してシェイプアップ！　魔法使いでもできる格闘王ブートキャンプトレーニング！』を執筆するために、古今東西ありとあらゆる武術を一通り勉強したのです！」

「な、なにぃっ……⁉」

「古今東西っ⁉」

助っ人に来たというのに全く戦おうとしないまま、リズは解説をする。

魔族には『世界中の格闘技を勉強してシェイプアップ！　魔法使いでもできる格闘王ブ

ートキャンプトレーニング！』というもの自体が何なのか理解できなかったが、とりあえず、自分たちがやばいことに巻き込まれているのは分かった。

「自分に任された分を執筆するために、メルヴィ様は一生懸命に格闘技を勉強されました！　それ故、武器を使わない素手での格闘模擬戦なら、彼女は勇者チームの中でも第三位になったのです！」

「な、なにぃっ……!?」

「勇者チームの中で、三番目っ……!?」

それは、言うまでもなく驚異的な実力であった。

魔族たちが戦慄《せんりつ》する。

「わたしはか弱い女性ではありますが、運動の楽しさを分かっていただこうと思って、一生懸命作りましたっ！」

「さすがです、メルヴィ様」

「これのどこがか弱いんんだあああぁぁぁっ……!?」

悲鳴が轟《とどろ》く。

こう喋《しゃべ》っている間でも、メルヴィの手は一切止まっていない。

殴る蹴るの蹂躙《じゅうりん》は、ずっと続いていた。

「この運動で……！　今日食べたパフェのカロリーを消費するんですっ！」

「やめろーっ！　やめろーっ……！」

メルヴィはダイエットのために、敵の骨を蹴り砕いていく。

やられる方は、たまったものではなかった。

「メルヴィ様！　首相撲の運動ー！」

「はーい！　首相撲の運動ー！」

「ぐおっ……⁉」

メルヴィが敵の副団長に組み付く。

相手の首の後ろに手を回し、超接近戦の構えを取る。

頭と頭がぶつかり合うほど二人の距離は近くなり、相手を決して逃がさず、自分の逃げ場さえもなくす。

ハイリスクな戦闘態勢に入った。

「いちに！　いちにっ！」

「いちに！　いちにっ！」

「があぁぁぁっ……⁉」

そしてその状態から、メルヴィは膝を蹴り上げた。

彼女の膝が敵の腹に突き刺さる。

副団長の腹に焼けるような痛みが走り、悶絶《もんぜつ》する。

しかし首相撲の恐ろしさはこんなものではない。

軽快な掛け声と共に、メルヴィは続けて膝蹴りを放つ。彼女の膝が副団長の腹に何度も何度も突き刺さる。

「いちに！　いちにっ！」

「いちに！　いちにっ！」

「アアアアアアァァァァァァァァッ……！」

逃げようにも、首に手を回されているため逃げられない。相手のホールドがほどけないまま、何度も何度もメルヴィの膝が腹を打つ。

首相撲の恐ろしさが存分に発揮され、敵のお腹《なか》はズタボロにされてしまった。

「――――――――ァァッ！」

敵の副団長の悲鳴は、もはや声になっていない。

地獄のような苦しみの中で、立ったまま失神した。

「ひぃぃぃぃぃ……」

恐怖は伝播《でんぱ》し、魔族の全員の顔がみるみる青くなっていく。

バケモノだ。

バケモノが目の前にいる。

魔法封印の作戦なんて何の役にも立たなかった。

「皆さんも、格闘技を通してシェイプアップ！」

「適度な運動はとても健康にいいですよ！」

爽やかな笑顔と共に、バケモノがまた魔族の軍団に襲いかかる。

しかも今度はリズも動きだした。

メルヴィほどではないけれど、リズも卓越した格闘技を繰り出していった。

「やめろーっ！　もうやめてくれーっ……！」

「許して……許してっ……！」

教会の地下室で懺悔《ざんげ》が行われる。

しかし処刑人たちは一切の慈悲を与えなかった。

爽快な汗を流しながら敵を蹂躙《じゅうりん》していく。

思春期の少女二人のシェイプアップのため、延々と地獄は続いた。

そうして、魔族の軍団は全滅した。

「みんなで楽しく運動しましょうねっ！」

「…………」

メルヴィがウインクしながら運動の楽しさを説くが、返事をする者はいなかった。

「メルヴィ！　大丈夫か!?」

「あ、カインさん」

敵が全滅した後、カインたちがこの地下室へと乗り込んできた。

「カイン様、遅かったですね」

「無事だったか？」

「いい汗流せました！」

「……そうか」

その場の惨状を目にして、カインは敵に同情する。

そっと目を伏せた。

「ところでさ……俺『誰でもできる！　勇者式ブートキャンプ』について考えたことがあるんだけど……」

「なんでしょう……？」

魔族の軍団の惨状を見ながら、カインが語る。

「第一節のバーベルスクワットのトレーニング量なんだが……やっぱり負荷が２００キロで２００回じゃ、少な過ぎると思うんだ！」

「あっ……！　あのあの！　わたしもそう思ってました！」

「いくら一般家庭向けといっても、やっぱ３００キロを３００回はやりたいところですよね！」

仲間みんなできゃっきゃとはしゃいで、話し合う。

彼らは今『誰でもできる！　勇者式ブートキャンプ』の執筆中であり、その制作はいよいよ大詰めとなっていた。

だけど皆、常識が壊れていた。

人間離れした強大な腕力と体力を付け過ぎたため、一般人の力量を全く理解していないのである。

「運動量が少な過ぎて効果がないって言われたら悲しいですもんねっ！」

「200キロ以下のバーベルじゃ、何も持ってないのとあまり変わらないもんな」

にこにこと笑いながら、頭のねじが外れた話をする。

残念なことに、彼らの暴走を止められる者は誰もいなかった。

「売れるといいですね、『誰でもできる！　勇者式ブートキャンプ』の本！」

メルヴィが天真爛漫《てんしんらんまん》な笑顔を見せる。


こうして戦いは終わった。

魔族の卑劣な罠《わな》にはまったメルヴィであったが、健康的なトレーニングを嗜《たしな》んでいたため、窮地を脱することができた。

やはり適度な運動をしていれば、どんな困難も乗り越えることができる。メルヴィは改めてそう実感した。

筋肉は全てを解決するのだ。

このトレーニングメニューはたくさんの人に喜んでもらえることだろう。

彼女はそう確信し、嬉《うれ》しくなって胸を弾ませた。

当然、その本は全く売れなかったのであった。

第48話　【現在】世界の頂点の高さ

「タイキック！」

「ぎゃあああああぁぁぁぁぁっ……！」

「真空飛び膝蹴り！　双手狩《もろてが》り！」

「ぐわああああああああああぁぁぁぁぁぁっ……！」

私と誘拐犯たちの戦いは、まだ続いていた。

戦車を吹き飛ばし、その中にいた兵士さんのほぼ大半を戦闘不能に陥らせることができたのだが、全滅したわけではない。

まだ動ける方もたくさんいた。

比較的軽傷で済んだ人たちは立ち上がって、私に白兵戦《はくへいせん》を仕掛けてきたのである。

鍛え上げられた兵士さんたちが、力を合わせて私に襲いかかってくる。

その数、およそ20以上。

私、ピンチである！

たくさんの兵士さんたちに囲まれたら、何の変哲もないごく普通の学生である私に勝てる見込みはなかった！

「ティー・ソーク・トロン！　アプチャギ！　三日月蹴《みかづきげ》りっ！」

「ぎゃあああああああああぁぁぁぁぁぁぁぁぁあっ……！」

……と思ったが、意外と何とかなっていた。

カイン様たちとの訓練で鍛え上げた数々の格闘技が炸裂《さくれつ》し、次々と兵士さんたちを吹き飛ばしていく。

さすがは勇者様たちである。

私はいつの間にか、かなり強くなっていたようだ！

「これが……『誰でもできる！　勇者式ブートキャンプ』の第四節！　『世界中の格闘技を勉強してシェイプアップ！　魔法使いでもできる格闘王ブートキャンプトレーニング！』の力だあああああああぁぁぁぁぁぁあっ……！」

「ぎゃあああぁぁぁあっ……!?」

「なんだそれはああああぁぁぁぁあっ……!?」

兵士さんの一人にジャーマン・スープレックスを決める。

相手の後ろに回り、腰に腕を回してクラッチし、そのまま背面へと体を反らして、ブリッジの状態になりながら相手の背中を地面に叩《たた》きつける。

芸術的でとても見栄えのする技であった。

その兵士さんを地面に叩きつけた時に衝撃波が発生し、周囲の皆様を巻き込んで吹き飛ばす。たくさんの兵士さんたちが地を転がり、そのまま意識を失った。

「通じている！　私のやってきた『誰でもできる！　勇者式ブートキャンプ』が通じている……！」

両手の拳をぎゅっと握る。

私の胸の中に自信がみなぎり始めていた。

思えばずっと長いことトレーニングの成果を実感できていなかった。それもそのはず、一緒に訓練していたのは他ならぬ勇者様一行である。

「比較対象がカイン様たちだったからなぁ……」

思わずしみじみとする。

私が多少強くなったところで、彼らからすれば素人に毛が生えた程度なのだ。模擬戦では赤子の手をひねるように軽くいなされ続けてきた。

トレーニングは辛《つら》いままだし、筋肉痛は酷《ひど》かった。

ほんと、痛みで何度も涙を流し、夜の枕を濡らしてきたものである。

「でも今！　私の技が兵士さんたちに通じている！　私は強くなっている……！」

戦車に追いつき、戦車を潰し、リミフィニア様を救い出すことに成功しているのだ！

これが今まで頑張ってきた成果だった！

私は強くなっていたのだっ……！

「通じている、どころじゃねえよ……」

「こんなん無慈悲だ……」

ただ、敵の方々から苦情が漏れていた。

涙目になっており、必要以上に怯《おび》えられているような気がする。

皆様、ちょっと大袈裟である。

「リミフィニア様！　待っていてくださいね！　敵をもっとたくさん打ち倒し、この窮地を脱してみせますっ……！」

「いえ、その……これ以上は……」

なぜか、助けられた側であるリミフィニア様がちょっと敵に同情的になっている。

私は、敵からも味方からもなんだかドン引きされているような気がする。

なんかバケモノを見るような目で見られている？

皆様、リアクションが過剰だなぁ。

「やれやれ、最新式の兵器というのも、案外大したことないものだったな」

「……っ！」

そんな時であった。

瓦礫《がれき》と化した馬車の残骸をどかして、一人の大男が姿を現した。

「まさかこんな大失態が起こるとは思わなかったが、この私自らがお前を打ち倒し、汚名を雪《すす》いでみせよう」

「……ブライアン様」

私の前に立ちはだかったのは、王族親衛隊隊長のブライアン様だ。

体は大きく、筋肉は力強く隆起している。

右手には大剣を握り締め、左手には大盾を構えて威風堂々としていた。

あの巨大な武具をそれぞれ片手で扱える。それだけで彼の実力がとても高いことを察することができる。

生半可な防御や攻撃は、あの大剣や大盾によって撃ち砕かれ、弾かれるだろう。

「この大剣をもって貴様を薙《な》ぎ倒《たお》し、計画を続行するとしようか」

「………………」

私は息を呑《の》む。

このグループのリーダーとの最後の決戦の時がきた。

「ブライアン様が……隊長自らが戦ってくださるぞっ！」

「あのバケモノを退治してくださいっ……！」

さっきまで戦意をなくしていた兵士さんたちが、嬉々とした叫び声を上げる。

さすがは王族親衛隊隊長である。

圧倒的なカリスマ性があり、彼が戦うとなっただけで味方の闘志が再燃する。

「…………」

彼は『勇者チームに加わっていたかもしれない人物』だ。

王家を守るために勇者チームには加わらなかったが、そういった事情がなければ勇者チームの一員として、世界中が憧れる英雄の一人となっていたかもしれないと、世間ではそう噂《うわさ》している。

それはつまり、シルファ様やレイチェル様と同等の実力が彼にあるということだ。

「…………」

私は彼に勝てるだろうか？

額から汗がつつーと垂れる。

「……って、誰がバケモノですか!?　誰がっ!?」

「ひぃっ……！　ごめんなさいっ……！」

兵士さんたちがさっき言っていた失礼な言葉を聞き流さず、私は睨《にら》みつける。

誰がバケモノじゃい！

こちとら品行方正で模範的で誠実な、ごくごく普通の一学園生じゃい！

うやむやにはせんぞっ!?

「……ごほん」

「………」

気を取り直して、ブライアン様に向き合う。

やはり、彼は他の兵士たちとは一味も二味も違う。

全身から溢《あふ》れ出る威圧感は凄《すさ》まじく、相対しているだけでも、体がびりびりと震えるようである。

今のままでは勝てないかもしれない。

「……覚醒さえできれば」

私の中には隠された謎の力があるという。

それが覚醒すれば、ブライアン様にも勝てるかもしれない。

しかし私は、その力を覚醒させる方法が分からない。

コントロールできていないままだ。

いつも気が付いたら覚醒していて、気が付いたら全てが終わっている。覚醒中の記憶がないのだから、覚醒方法も分からないままである。

正体不明の力を頼るわけにはいかない。

相手は男性。

ギャングのリーダーだったギャッジヘルさんのように、キスで屈服させるわけにもいかない……。

「……って私は何を考えているんです⁉　違います！　キスで物事が解決するわけありませんっ！」

「……？」

頭をぶんぶんと振る。

あの時は何かがおかしかったのだ。あんな倒錯したこと二度とやらない。

自分の頬を両手でパンパンと叩《たた》き、冷静になる。

「……あなたは実力で倒します」

「小娘如きに私が倒せるとでも？」

私は拳を握り、ブライアン様は剣の切っ先を私に向ける。

死力を尽くすことになる。

リミフィニア様を守り、この誘拐犯たちの目論見《もくろみ》を打ち破るために、これから私は大いなる敵に挑むことになる。

緊張が高まっていく。

私とブライアン様の一騎打ちが始まろうとしていた。

「いくぞ、バケモノ！　剣の錆《さび》にしてくれる！」

「舐《な》めないでください！」

二人、叫び声を上げる。

お互い、一歩足を踏み出す。

――と、その時だった。

「え？」

「む……？」

迫ってくる大きなプレッシャーを感じ、私たちは即座にバックステップをした。

私たち二人の間、ちょうど戦いが繰り広げられようとした地点に、何者かが飛び込んできた。

何者かが乱入したのだ。

「な、何者だっ……!?」

ズドンと、まるで大砲が着弾したかのような派手な音を立てながら、その謎の人物が着地する。

地面が抉《えぐ》れ、土埃《つちぼこり》が周囲に舞う。

恐らくもの凄《すご》い脚力でジャンプをして、私たちの間に割り込んできたのだろう。そうじゃないと、こんなふうに砲弾が飛んできたようにはならないはずだ。

「な、なんだ……？」

突然の乱入者に、その場にいる誰もが息を呑《の》む。

もくもくと舞い上がっていた土埃が晴れ、その者が姿を現した。

「ヴォ、ヴォルフ様……!?」

いの一番に大声を上げたのは、リミフィニア様だった。

そうである。

この戦場に駆けつけたのは、ヴォルフ様だった。

「…………」

彼は着地してから、油断なく周囲を見渡している。

「……ご無事ですか？　リミフィニア様、リーズリンデさん」

「あっ……、は、はいっ……！　大丈夫です！」

「わ、私も大した怪我《けが》はないです！」

ヴォルフ様はこちらに視線を向けず敵と睨《にら》み合ったまま、私たちに声を掛けてくる。いきなり現れた彼の姿に驚きながら、慌てて返事をする。

困惑していたから、ちょっと間違えた。

全く怪我がないの間違いだった。

「だ、誰だ……？」

「なんだあいつ……？」

兵士さんたちはヴォルフ様の姿に見覚えがないのだろう。

戸惑いの感情がありありと表情に表れている。

ヴォルフ様は元魔王軍大隊長であり、今は勇者チームと協力関係にあるという重要人物ではあるが、人族の間では全く有名ではない。兵士さんたちが彼のことを知らないのも無理はなかった。

ただ、私とリミフィニア様はよく分かっている。

彼は私たちの味方だ。

「ヴォルフ様！　助けに来てくれたんですかっ⁉」

「ええ、街で衛兵から情報を得られたので。俺が先鋒《せんぽう》として駆けつけました。ご無事そうでなによりです」

「あ、ありがとうございます……」

ヴォルフ様はとても落ち着いていた。

たくさんの敵に囲まれていても、一切動揺していない。冷静に周りを見渡しながら、現状の把握に努めている。

「誰かと思えば、リミフィニア様の犬か」

敵側で真っ先に反応したのが、ブライアン様であった。

「高貴な王女様に尻尾《しっぽ》を振る下賤《げせん》な野犬め。初めて会った時からお前のことは気に食わなかったのだ」

「いや、別に彼女の犬じゃないが……」

ブライアン様は魔族領見学の時にヴォルフ様に会っている。

その時に、お姫様に媚《こび》を売る犬のように見られたのだろう。それから変わらぬ自分の印象に、ヴォルフ様はちょっと嫌そうな顔をしていた。

「気を付けてください！　ヴォルフ様！　その者が今回の事件の首謀者です！　わたくしを誘拐して人質とし、王家に魔族を排斥するよう強要するつもりらしいのです！」

「……了解です、リミフィニア様」

彼女の言葉に、ヴォルフ様が小さく頷《うなず》く。

なるほど、そういうことだったのか。彼らの犯行の動機は、私も今、初めて知った。

問答無用で殴りかかったから知らなかった。

仕方ないね。

「下がっていてください、リーズリンデさん、リミフィニア様。こいつは俺がやります」

そう言ってヴォルフ様は私たちに背を向け、前へと一歩出る。

選手交代。

ブライアン様と戦うのは私ではなく、ヴォルフ様となった。

「え、援護しますっ！」

「必要ありませんよ、リーズリンデさん」

微《かす》かに笑いながら、ヴォルフ様が短く答える。

そして、彼は強力な敵の目と鼻の先に立った。

「……どうやら私は舐《な》められているようだな？」

「さぁ？　どうだろうか？」

二人の視線が交わり、バチバチと火花を散らす。

ただそれだけでこの場全体の空気が重くなるような、強いプレッシャーが私の体に圧《の》しかかってくる。

「ブライアン様っ！　そんな奴軽くやっつけちゃってください！」

「どこの馬の骨とも知れない奴に、ブライアン様が負けるもんかっ……！」

周囲からヤジが飛ぶ。

ヴォルフ様のことを知らない彼らは、ブライアン様の勝利を確信しているようだった。

「…………」

だけど、私には分からない。

元魔王軍大隊長と現王族親衛隊隊長。

一体、どちらが強いのだろう。

ヴォルフ様の実力は勇者チームの皆様に匹敵する。それは人族の中で最強クラスにあると言っても過言ではない。

だが、ブライアン様も『勇者チームに加わっていたかもしれない人物』である。勇者チームに匹敵する実力があるとみていいだろう。

果たしてこの一騎打ち、どっちが勝つのだろうか？

ヴォルフ様に勝っていただかないと困るのだが……。

「感じるぞ。貴様の中には下賤《げせん》な魔族の力が宿っている。そうだろう？」

「………」

ブライアン様が喋《しゃべ》りだす。

「魔王軍の大隊長をやっていたそうだな？　全くもって穢《けが》らわしい。そんな男がよくもまあ、人族の中でぬくぬくと生活できるもんだ」

「………」

ヴォルフ様の視線が少し下がった。

「私は魔族の全てを駆逐《くちく》する！　崇高な人族の栄光を守るために、下等な魔族どもを皆殺しにするのだ！」

「………」

「まずは貴様を見せしめにしてやる！　魔族と手を組もうとしている者も同罪だ！　神の名の下に断罪してやる！」

大袈裟なほどに胸を張りながら、高圧的な演説をする。

周りの兵士たちはそれを聞き、うっとりとした表情を見せている。

「魔族の全てを滅ぼし、私たちが理想の世界を作るのだぁっ……！」

ブライアン様の瞳は恍惚《こうこつ》としていた。

ヴォルフ様が静かに顔を上げる。

そして、小さな声で言った。

「俺、あんたのことが嫌いだよ」

「奇遇だな！　私もお前が嫌いだあああぁぁぁっ……！」

それが戦いの合図となった。

遂に始まった！

ブライアン様が力強く大剣を振る。

私たちは息を呑《の》む。

彼の剣技はとても洗練されていた。

技の出し始めも剣のスピードがとても速く、それを認識することすら困難であった。動きのどこにも無駄がなく、風を切り裂きながら彼の剣がヴォルフ様に襲いかかる。

あっという間の出来事。

瞬きの余裕すらなかった。

ブライアン様の剣がヴォルフ様の首を刎《は》ね飛ばそうと、最短最速の軌道を描いて襲いかかる。

――ただ、ヴォルフ様はその攻撃に対して、なにもしなかった。

防御することも回避することもしなかった。

「え……？」

ガキン、と鉄と鉄がぶつかるような鈍い音がした。

ブライアン様の剣が、ヴォルフ様の首にぶつかったのだ。

だが、ヴォルフ様の首は飛んでいない。ブライアン様の攻撃を食らったが、ヴォルフ様は死んだわけではなかった。

「な？　なに……？」

ブライアン様が目を丸くする。

信じられないものを見たかのように、口をぽかんと開け、唖然《あぜん》としている。

「え……？」

一瞬遅れて、私たちも彼と同じような反応をする。

そこにあった光景が、とても異様だったから。

「…………」

ブライアン様の剣は、ヴォルフ様の首にぶつかって止まっていた。

彼は微動だにしない。別に防御をしたわけでも魔法を使ったわけでもない。

ただ単に、彼の首がブライアン様の剣より硬かっただけだ。

ヴォルフ様は棒立ちのまま全く何もしなかったが、ブライアン様の剣技を肉体一つで受け止めてしまったのだ。

「そんなっ……!?　バカなっ……!?」

ブライアン様が狼狽《ろうばい》する。

彼の剣の刃が少し欠けていた。剣よりもヴォルフ様の首の強度の方が高く、剣の方が壊れたのだ。

「…………」

「…………」

皆様の目が丸くなり、口がぽかんと開く。

こんなことは普通あり得ない。確かに肉体の強度や魔力の保有量が上がれば、体の防御力は上がっていく。

だけど肉体一つで武器の攻撃を防ぐなんて、普通じゃない。

あるとすれば、二人の間に途方もないほどの実力差があった時だけだ。

「こんなこと……！　あり得な……ぐぬぬぬっ……！」

ブライアン様が剣に精一杯の力を加える。

こんなバカなことはあり得ないと、そのまま彼の首を切り裂こうと体に力を込めるが、ヴォルフ様の体は微塵《みじん》も動かない。

首は裂かれず、その場から動かすこともできず、まるで鉄の塊のようにヴォルフ様はその場に佇《たたず》むだけであった。

「……お前如きが『カインたちの仲間に加わっていたかもしれない』だと？」

ヴォルフ様が睨《にら》む。

ぞっとするような迫力が、瞳にこもっていた。

初めて彼から殺気が漏れる。

「…………」

「ひっ……!?」

ヴォルフ様が敵の腹に向けてパンチを繰り出す。

ブライアン様はそれを咄嗟《とっさ》に盾でガードした。

しかし、その頑強な盾を打ち砕き、彼の纏《まと》う壮麗な鎧《よろい》を粉々にし、下から突き上げるようなボディーブローがブライアン様の腹に突き刺さった。

「がっ……!?　ふっ！」

彼の体は吹き飛ばされた。

砕けた盾や鎧の鉄片を撒《ま》き散《ち》らしながら、ブライアン様の巨体が数メートルほど宙を飛ぶ。痛々しく体をくの字に曲げながら、戦車の瓦礫《がれき》に体をぶつけた。

「ぐっ、ぐおおおおぉぉぉぉぉぉぉっ……!?」

彼は呻《うめ》き声を上げながら、腹の痛みにのたうち回る。

「…………」

「…………」

私たちは唖然《あぜん》としていた。

私もリミフィニア様も、お付きの侍女の方たちも、敵である誘拐犯の兵士の方たちも、皆一様にあんぐりと口を開けながらその光景を見ていた。

あまりに一方的過ぎた。

ブライアン様の攻撃は通じず、その上で防御を粉々に砕かれている。

ヴォルフ様の武器は大きな槍《やり》だ。

黒い槍を背負っているが、彼はそれすら使っていない。

首の地肌で敵の剣を受け止め、自らの拳で敵の防御を打ち破った。

ヴォルフ様のことを知らない兵士たちは、今何が起こっているのか理解できず、完全に放心してしまっている。

いや、ヴォルフ様のことを知っている私たちですら困惑している。

なぜこれほど力の差が？

ただただ唖然とするしかなかった。

「三下《さんした》が」

吐き捨てるように言いながら、ヴォルフ様がゆっくりと彼に近づく。

痛みに体を震わせながらも、ブライアン様は焦って立ち上がった。

「なんだっ……!? なんなんだ貴様はぁっ……!?」

叫びながら剣を振るう。

しかし、ヴォルフ様には届かない。

洗練されたブライアン様の剣技だけれども、躱《かわ》され、弾かれ、ヴォルフ様に傷一つ付けることができなかった。

逆にヴォルフ様の攻撃がブライアン様に突き刺さる。彼の拳がブライアン様の顔や腹を強く打つ。

「結局、噂《うわさ》は噂でしかないってことか」

膝を突くブライアン様を見下ろしながら、ヴォルフ様が小さく呟《つぶや》いた。

その言葉を聞いて理解する。

ブライアン様が『勇者チームに加わっていたかもしれない人物』というのは、世間一般で囁《ささや》かれているただの噂にすぎなかった。

世間一般の人々は、カイン様たちの実力を正しく把握していなかったのだ。

強いことは知っているが、それがどのくらいの強さかを理解できていない。それが高い山だということは知っているが、どのくらいの高さなのかは知らない。

下から見上げても頂上が見えない山のようであった。

結果、大国バッヘルガルンの最高戦力、王族親衛隊隊長なら、勇者チームと張り合えるかも、という憶測となったのだろう。

大国としての自負もあったのかもしれない。それっぽい噂が世の中に広まっていったのだ。

しかし、勇者様たちの実力はそんなものではなかった。

常軌を逸しており、常人では理解しきれないほどの力量を有していたのだ。

私は理解する。

勇者様たちの方でも、一般人の実力を計り間違えていた。

だから『誰でもできる！　勇者式ブートキャンプ』なんてとち狂ったものが出来上がってしまったのだ。

だけど、逆も然り。

一般人は勇者様たちの実力を正しく理解できていなかったのだ。

「…………」

そのことを納得し、私は小さく息を呑《の》む。

いつも一緒にいる勇者チームの皆様の凄《すご》さを、改めて理解した。

付き合ってみれば結構間の抜けたところも多い可愛らしい人たちであるが、その内側には、人には見えない強烈な化け物が潜んでいるのである。

　世界の頂点の高さを改めて認識させられた。

「私がっ……！　私がお前のような下賤《げせん》な人間に負けるわけがないんだあああぁぁあっ！」

　血を流しながら、必死の形相でブライアン様が叫ぶ。

　けれど、どれだけ剣を振るってもヴォルフ様には届かない。

　実力は隔絶している。大人と子供のような差を前に、彼にできることは何もない。

「私は魔族の全てを排斥しっ！　人族の偉大さを取り戻さなければならないのだっ！　なぜそれが分からないっ!?　なぜ邪魔をするっ!?」

　それでも彼は諦められない。

　自分の思想に取り憑《と》《つ》かれ、邪念を曲げられない。

「魔族の力を宿す人族の裏切り者がぁっ……！　我々の正義を邪魔だてなどぉっ……！　許されぬっ！　許してはならぬっ……！」

「…………」

「正義のためにぃっ！　正義のためにぃっ……！」

　そうしてブライアン様は力いっぱい剣を振るった。

「私は負けられぬのだあああぁぁあっ……！」

　上段から、思いっきり振りかぶっての渾身《こんしん》の一撃。

強烈な威圧感と共に、空気を裂きながら剣が振り下ろされる。

全ての力を込めて、ブライアン様が最後の攻撃をした。

「さっきからごちゃごちゃうっせえんだよおおおおおおおおおおおおおおおおおおおおおおおぉぉぉぉぉぉぉぉぉぉぉぉぉぉぉぉっ……！」

だけど、それがヴォルフ様に通じるわけがなかった。

鬱憤を晴らすように大きな声で叫びながら、彼の拳がブライアン様の顔に思いっきりめり込んだ。

「ぐはあああああぁぁぁぁぁっ……!?」

ブライアン様が吹っ飛ばされる。

まるで打ち上げ花火のように高く高く、心地よい晴天の空を、彼の体が飛翔していく。

鼻から噴き出る彼の血が、その軌跡をなぞっていく。

「おぉ〜……」

あまりに見事なぶっ飛び方に、思わず感嘆の声が漏れた。

まるでマンガのように彼の体は空高く吹き飛び、豆粒のように小さくなっていく。

やがて落下を始め、大きな衝撃音と共に地面に激突する。

その時にはもう常人の目では見えなくなるほど遥《はる》か彼方まで吹き飛ばされていたのだが、ズゥンという鈍く小さな音が響いてきた。

「…………」

「…………」

敵も味方も、皆呆然《ぼうぜん》としている。

王国最強とも言われるブライアン様が、子供のようにあしらわれた。

目の前で起こったことが信じられないのか、敵の兵士さんたちは口をぽかんと開けたまま目を丸くしていた。

ヴォルフ様がぐっと拳を握る。

「何か言いたいことがあるんなら、俺に勝ってからにしな」

「…………」

彼のあまりにシンプルな物言いに、誰も何も言えなくなる。

こりゃどうしようもない。

ありとあらゆる主張を、ヴォルフ様は拳一つで打ち砕いてしまった。この状況で先ほどと同じ主張を口にできる剛の者など、一人としていなかった。

「…………」

ヴォルフ様が無言でその場に佇《たたず》む。

その後ろ姿一つで、この場にいる全ての人間を圧倒する。

彼らの企てた謀反《むほん》は、たった一人の拳によって粉々に打ち砕かれたのであった。

「でも腕力で全ての意見を封殺するとか、シンプルに野蛮ですよね」

「リ、リーズリンデ様……肝が据わっていますね……」

思ったことがつい口から漏れる。

周りの人たちが冷や汗を垂らしていた。

「…………」

本人にも聞こえてしまったのか、ヴォルフ様の体が強張《こわば》る。

バツが悪そうな気配が、背中から感じられた。

こうしてあまりにも呆気《あっけ》なく、革命は終わりを告げるのであった。

第49話　【現在】ずっと、わたくしを見ていてくださいね？

戦いが終わって、私たちは近くの街に移動していた。

最寄りの街へと赴き、衛兵さんたちにブライアン様たちの身柄を引き渡す。

誘拐犯さんを全て縄で縛ってこの街まで連行するのは骨が折れたけど、私たちは敵を一人も逃さず捕まえることができた。

ブライアン様たちの野望を阻止することに成功し、これで私たちの仕事は終わりとなるのだった。

「ふぅ～～～」

ソファに深く腰掛け、大きく息を吐く。

ここは衛兵さんたちの詰所であった。そこで私は、リミフィー様、ヴォルフ様、リミフィー様のお付きの方たちと一緒に、体を休めていた。

衛兵さんたちに学園街への連絡を頼んでいる。じきにリミフィー様の護衛の皆様がやってくるだろう。

それまで私たちはこの街から動けないし、動く気もない。

正直疲れた。

学園街から猛ダッシュして高速馬車を追いかけ、六台すべてを潰したのだ。いつもの訓練ほどじゃないけれど、とても大変な運動であった。

とにかく疲れた。

人前じゃなければ、ソファの上でごろんと横になりたいほどだった。

ただ、私と同じように学園街から全力疾走でここまで駆けつけ、戦いに参加したヴォルフ様はあまり疲れていないようだった。

大国バッヘルガルンの王族親衛隊隊長を打ち倒したというのに、全く消耗していない。姿勢を正し、涼しい顔をして出された紅茶を飲んでいる。

やっぱり鍛え方が違うのだろう。

彼にとって、この戦いは取るに足らないもののようだった。

勇者チームに匹敵する実力者たちは、本当に化け物である。

「…………」

ただ、私たちよりずっと消耗している人がいた。

リミフィー様である。

ヴォルフ様の隣に座り、体を小さく震わしている。手を膝の上に置いて、何かをこらえるように拳をぎゅっと握りしめている。

若干顔色が青く、先ほどから極端に口数が少ない。

「…………」

「…………」

当然だろう。

彼女は誘拐されたのだ。

しかも信頼していた王族親衛隊隊長に、である。

ショックが大きいのだろう。

心も体も疲れ切っており、俯《うつむ》いて意気消沈している。ヴォルフ様の隣に座っているのも、彼のことが一番信頼できるからだ。

「あー……怖い思いをされましたね、リミフィニア様……」

少しいたたまれなくなったのか、彼女を慰めるようにヴォルフ様が声を掛ける。

人を慰めることに慣れていないのか、頬をぽりぽり掻《か》きながら、少しうわずった声を発していた。

「…………」

リミフィー様がほんの少しだけ顔を上げる。

疲れ切った顔をしていたが、上目遣いでヴォルフ様を見上げる彼女は、なんだかとても可憐で美しかった。

「あの……」

「はい？」

「少し……いいですか……？」

小さな声でそう言って、リミフィー様はヴォルフ様に抱きついた。

「……っ!?」

彼の体がぎくりと固まる。

年の差があるとはいえ、リミフィー様はとても美しい王女様だ。

可憐な少女に抱きつかれ、ヴォルフ様の体に緊張が走る。

それでも彼女の味わった恐怖は理解できるため、無下《むげ》に突っぱねることもできない様子だった。

「わたくし、怖くて……」

「………」

「少し抱きしめてもらっても、いいですか……？」

掠《かす》れる声で彼女が呟《つぶや》く。

「えっと……その……」

ヴォルフ様は困り果てていた。

額に汗を滲《にじ》ませ、体をぎくしゃくとさせていた。

どうしたらいいのか分からず、本当に困惑している。

自分よりもずっと身分の高い王女様を、気安く抱きしめていいものだろうか？

しかも年の差がある。

犯罪っぽい絵面にならないだろうか？

そんなことを考えているのが手に取るように分かる。

きょろきょろと周りを見渡しても、別にそこに答えなんかない。温かい眼差しで二人のことを見る私たちがいるだけだ。

「……優しくして、いただけませんか？」

「…………」

彼の胸に顔を埋《うず》めながら、リミフィー様が小さな声で言う。

そう言われて、逃げられる男性はいない。

ヴォルフ様は観念したかのように目を瞑《つぶ》り、彼女を優しく抱きしめた。

「大変でしたね。もう大丈夫ですよ……」

「…………」

慰めの言葉を口にしながら、リミフィー様の頭を撫《な》でる。

左腕を彼女の背に回し、二人の体がより密着する。ヴォルフ様の大きな体に安心感を覚えているらしく、彼女は全身を預けていた。

リミフィー様の薄紅色の綺麗《きれい》な髪を梳《す》くように、彼の手が動く。その感覚が心地よいのか、彼女は目を細めてとても安らいだ表情をしていた。

温かな光景がそこにある。

だから、私はぱしゃっと写真を撮った。

「……っ!?」

ヴォルフ様がギョッとする。

「お、おいっ!?　なに写真を撮っているっ……!?」

「いやぁ、だってですねぇ……」

彼は抗議の声を上げるが、私は今、この光景を写真に収めなくてはいけないという使命感に駆られていた。

リミフィー様のこの愛らしい姿を、姉であるシルファ様に届けてあげないといけない。

私は一人の写真家として、この心温まる光景を残さなくてはならないのだ。

「おい！　パパラッチやめろっ！　俺の弱みを握ろうってのか……!?」

「いやいや、そんな酷《ひど》いことはしませんよ。ただ、今度個人的にお願い事を聞いていただけたら嬉《うれ》しいなーって……」

「やめろー！　やめろーっ……！」

ぱしゃぱしゃと何枚も写真を撮る。

ヴォルフ様とリミフィー様がしっかり抱き合っている証拠を手に入れてしまった。

「リミフィニア様も離れてください！　ここには悪質なパパラッチがいます！」

「ふふ……」

「ん？」

「うふふふふ……」

慌ててリミフィー様を離そうとするヴォルフ様であったが、なんだか彼女の様子がおかしかった。

どういうわけか、笑っているように見える。自分の胸に顔を埋《うず》めながら、くすくすと笑う彼女の姿を見て、ヴォルフ様は怪訝《けげん》な表情になる。

そして、リミフィー様はぱっと顔を上げた。

「すごいっ……！」

彼女は朗らかな声を出す。

表情はとても晴れやかだった。頬は紅潮し、瞳がきらきらと輝いている。

先ほどまでの沈鬱な様子はまるでなかった。

「本当に師匠の言ったとおりだった……！」

「師匠？」

「あっ」

その言葉で私は思い出した。

パジャマパーティーの日。

アイナ様はリミフィー様にとあるアドバイスを授けていた。

それは『わざと弱った姿を見せること』。

傷ついている自分を利用し、男性に自分を慰めさせる。男性は傷ついた女性を見捨てられないから、相手から距離を詰めてくれる。

そうアドバイスされて、リミフィー様はアイナ様を師匠と慕うようになった。

そして、彼女は今それを実践しているのだ。

「本当にっ……！　本当に上手くいっています！　師匠、ありがとうございますっ！」

「なんだかよく分かりませんが、なんかしょーもないことに巻き込まれているような気がするので離れてください」

「いやでーす！」

ヴォルフ様はリミフィー様を剥《は》がそうとするけれど、彼女は彼の体にがっしり両腕を巻き付けて離れない。有利なポジションにいるのはリミフィー様だ。

「えへへ～」

頬を緩ませながら、リミフィー様は愛しの彼に体をすり寄せる。

ヴォルフ様は大きなため息を一つついた。

やろうと思えば力ずくで彼女を引っぺがすこともできるのだろうが、さすがにそれはしなかった。

彼の強い力で無理に引き剝《は》がそうとすれば、小さな彼女に怪我《けが》をさせてしまうかもしれない。それを恐れているのかもしれない。

懐に入った時点で、リミフィー様の勝ちなのである。

「さすがリミフィー様……強《したた》かですね……！」

「いえいえリズ様、それほどでも……」

「いえ～い」

「いえ～い」

私は彼女に近づき、軽くハイタッチをする。

女の策略が上手くいったことを祝い、勝利の喜びに浸った。

「なんなんですか、全く……」

「な～んでもないで～す」

リミフィー様が悪戯《いたずら》っぽい笑みを浮かべる。

口の端を吊り上げ、無邪気な様子を見せている。恋愛事に手加減は無用。恋に関してはあらゆる戦術が許されるのだ。

可愛らしい小さな悪女がそこにいた。

　ヴォルフ様が大きなため息をつく。

「……それにしても、二人はいつの間に愛称で呼び合うようになったんですか？」

「つい先ほどですよ、ヴォルフ様」

　話が少し変わり、ヴォルフ様が軽い疑問を口にした。

　今日の今日まで私は彼女のことをリミフィニア様と、正式な名前で呼んでいた。

　彼女をリミフィーと愛称で呼んでいいのは彼女自身が認めた者だけであり、それは姉のシルファ様も同じだった。

　王族としての風習なのだろう。

　そうだったのだが……。

「リズ様には命を救けていただきましたからね！　愛称で呼んでくださるようお願いしたんです！」

「ちょうど良い機会でしたので、私も愛称で、ということにしたのです」

「えへへ～！」

　私もリミフィー様の隣に座り、彼女の頭をそっと撫《な》でる。

　彼女は今もヴォルフ様に抱きついていて忙しいが、私が頭を撫でると嬉《うれ》しそうに口元を緩ませていた。

　大分好意を持たれたようである。

かわいい。

「馬車をたくさん破壊した時はびっくりしましたけど……でも、とても力強くてかっこ良かったです！　リズ様のことを尊敬しておりますっ！」

「いやー、それほどでも」

リミフィー様にきらきらとした目を向けられながら、彼女の頭をそっと撫《な》でる。

『さすがはリズさん、最強の女たらしですね』とメルヴィ様が言っている幻聴が聞こえてきたような気がしたけれど、無視する。

別に私は女たらしではない。

「なるほど、そういうことですか」

ヴォルフ様が小さく頷《うなず》く。

「ヴォルフ様はリズ様のことを愛称で呼ばないのですか？」

「…………」

リミフィー様がそう尋ねると、彼は気まずそうな顔をした。

確かに、ヴォルフ様は私のことを『リーズリンデさん』と本名で呼ぶ。

まだ出会ってからそんなに時間が経っていないけれど、私のことを愛称で呼ばないのは勇者メンバーの中ではヴォルフ様だけだ。

……いや、勇者メンバーの皆様は出会った時からすぐ、私のことを愛称で呼んでいたけど。

あの距離の詰め方は一体何だったのだろうか。

「……俺はやめときます」

「えー」

ヴォルフ様があっさり拒否する。

リミフィー様が不満そうな声を漏らした。

「いいじゃないですか。親しくなるためにはまずは呼び方から変えるのもアリですよ？その次にわたくしのことをリミフィーと呼んでいただきたいですし♡」

「謹んでお断りさせていただきます」

「えー？」

彼女はぷくっと頬を膨らましていた。

なるほど、そういう策略だったのか。さすがはリミフィー様。彼女の攻めのターンはまだ続いていた。

ヴォルフ様は苦笑する。

「俺は、人族を裏切っていた者ですよ。魔族の力を宿した者に親しくされても迷惑なだけでしょう？」

「………………」

自嘲気味に彼は小さく笑う。

私たちはどんな反応をしたらいいのか、少し困った。

リミフィー様が心配そうな顔をする。

「あの……もしかしてブライアンの言ったことを気にされていますか？　気になさらないでください。彼の言っていることはとても偏っていましたから……」

ブライアン様はヴォルフ様に暴言を吐き捨てていた。下賤《げせん》な魔族の力を宿した者とか、人族の裏切り者とか、いろいろ言っていた。

自分の護衛のせいで彼の気を悪くしてしまったのかと思い、リミフィー様は少しおろおろとしていた。

「いやいや、気にしているわけではありません」

だが、ヴォルフ様の様子は軽かった。

静かに笑い、彼女の頭を優しく撫《な》でている。

「ただ、自分は人間嫌いに変わりはありません。魔族の味方をし、人族の敵になっていたのは紛れもない事実ですし、それを後悔したことはありません。だから彼の言っていたことも部分的には合っています」

「………………」

「今日はとってもすっきりしました。人間の中でも大っ嫌いな感じの人間を、思いっきりぶん殴ることができましたから……」

ヴォルフ様がくつくつと笑う。

彼は昔、人の醜さに触れて人間のことを嫌いになった。

お世話になった村が人の手によって滅ぼされたらしい。それで人族の国を出て、魔族の国に移ったのだという。

私は最近そのことを教えてもらった。

リミフィー様はもっと前にその話を聞いたらしい。

だけど……、

「あの、ヴォルフ様……」

「なんですか？」

「……ヴォルフ様はどうして魔王軍を辞めて、人族の国に戻ってきたのですか？」

リミフィー様がおずおずと尋ねる。

私もその理由は聞いたことがなかった。

「……カインに叱られたんですよ」

彼は大きくため息をつきながら、話し始めた。

別に隠していたわけでもなんでもないみたいで、躊躇《ちゅうちょ》する様子もなく、事情を話す。

「俺は非道な悪人の所業を見て、人間が嫌いになりました。それで魔族の仲間になりました。でも、そのためにカインと戦うことになりましてね、そこで怒られたんです」

「お、怒られた……？」

「じゃあお前、魔族に嫌いな奴ができたら、今度は魔族全体を嫌いになるのか、って」

彼は小さく笑っている。

「バカかお前、人族だろうが魔族だろうが、良い奴もいれば悪い奴もいる。そんなの当たり前のことだろう。悪い奴がいたら全部を嫌いになるなんて、ガキか、って……」

「…………」

「…………」

「当たり前のことなんですけどね。だけどそれを言われた時、俺はそれに反論できなかった」

淡々と、なんでもないことのように彼は語る。

軽い口調で話しているが、壮絶な戦いだったに違いない。人族領から出奔して魔族領に身を寄せるなんて、並大抵の覚悟でできることじゃない。

お互いの信念を否定し合う、厳しい戦いが目に浮かぶようだった。

「カインに言われたんですよ。お前のやるべきことは嫌いな人を探すことじゃない。自分が心から信じられる人を探すことだ、って」

「信じられる、人……」

「人族でも、魔族でもいいから、って……」

昔のことを思い出すように、ヴォルフ様が目を瞑《つぶ》る。

窓から爽やかな風が入ってくる。

「正論を説かれてぶん殴られたらどうしようもない。口喧嘩《くちげんか》でも負けるし、殴り合いでも負けるし、あの時は散々でしたよ」

「…………」

「結局、視野狭窄《しやきょうさく》だったってだけの話です。それから俺は魔王軍を辞めて、ふらふらと旅をしていました。かっこ悪く言うと、自分探しの旅ってやつです。人族の国と魔族の国を行ったり来たり。ふらふらしていましたよ」

「かっこ悪くって、そんな……」

「そうしていたらカインから連絡がありましてね。暇だったら護衛を手伝えって。そんなわけで、俺は学園街に落ち着くことになったんです」

「…………」

「…………」

「くだらない話です」

そして、彼は口を閉ざした。

話が終わる。

私たちはなんと反応したらいいのか分からなかった。

部屋の中に沈黙が流れる。

彼は終始軽い調子で話をしていたが、それは彼の信条や根幹に関わる大切なことだったはずだ。

憎しみや恨みが混ざり合いながら、友に諭され、自分の考えを改める。その経緯に、大きな苦悩や葛藤が存在したはずである。

「…………」

だから、私は彼になんて言葉を返したらいいのか分からなかった。

手垢《てあか》のついたような陳腐な慰めの言葉は、許されないような気がした。

だけど……。

いや、だからこそ次の言葉を紡げたのは彼女だった。

「わたくしがなりますっ……！」

大きな声で、覚悟を決めたかのようにリミフィー様が叫ぶ。

「わたくしがなりますっ！　あなたが心から信じられる立派な人間に、わたくしがなってみせますっ！」

どこまでも真剣な瞳がヴォルフ様の目を見据える。

リミフィー様は彼にぐっと顔を寄せ、自分の熱意を真正面から伝えようとしている。

凛《りん》とした顔つきで、自分の言葉がいいかげんな気持ちから出たんじゃないと、本気で分かってもらおうとしていた。

「え、えっと……」

ヴォルフ様は驚き、少し困っていた。

後退《あとずさ》りしようとするけれど、リミフィー様は彼を逃がさない。

離れた分、また体を寄せる。

「優しくて、温かくて、人も魔族も大切にする人間になってみせますからっ……！」

「………」

「だからずっと、わたくしを見ていてくださいね？」

──そして、彼女は彼にキスをした。

彼女の小さな唇が、彼の唇に当たる。

触れるだけの軽いキス。尊敬の気持ちと、それ以上の感情を宣言するためだけのキスであった。

すぐに彼女は唇を離す。

大人のような深いキスではなかったけれど、彼女にはそれで十分だった。

「……えへへ」

「………」

リミフィー様ははにかみ、ヴォルフ様は呆気《あっけ》に取られていた。

私は思わず写真を撮っていた。

パシャパシャと何回もフラッシュが焚《た》かれる。

「えっ……？　ちょ？　え？　ええっと……な、何勝手に写真を撮っているっ……!?」

完璧に混乱して、思考が追い付いていない様子のヴォルフ様であったが、彼がまず言及したのは私が撮った写真への非難だった。

手が勝手に動いたのだ。

仕方ないのだ。

「いつか立派な大人になります。忘れないでくださいね、ヴォルフ様」

「…………」

だけどリミフィー様が口を開くことで、すぐに意識は彼女に引き戻される。

彼女は頬を赤く染めていた。

自分からのキスであったが、やはり恥ずかしかったのだろう。照れてもじもじとしながら、蕾《つぼみ》が開くような可憐《かれん》な笑顔を見せていた。

初心《うぶ》で可愛らしい彼女の姿がそこにあった。

「忘れないでくださいね〜〜〜っ！」

「あっ！　ちょっ……!?」

そして、大きな声を出しながら彼女は駆け出した。

ヴォルフ様から離れ、両手で顔を覆いながら、ドアの方へと走っていく。

キスをしたはいいが、とても恥ずかしかったのだろう。手まで真っ赤に染めながら、言いたいことだけ言ってこの部屋から逃げ出そうとしている。

「ちょっ……！　ちょっと待ってください、リミフィニアさ……」

ヴォルフ様はそんな彼女を引き留めようとした。

その時やっと、彼は気付いた。

「……っ!?」

ドアは既に開かれており、そこには人がいた。

ちょうど二人がキスをした時、この部屋に人が入ってきていたのだ。

だが、お二人はキスの方に気を取られていて、部屋の中に入ってきた人たちの存在に気付いていなかったのだ。

つまり、お二人のキスは完全に見られていた。

「…………」

「…………」

ヴォルフ様が言葉を失う。

部屋に入ってきた人も、口をあんぐりと開けている。

それは、第一王子アンゼル様であった。

リミフィー様のお兄様である。

「…………」

「…………」

二人して目を見開き、硬直している。

愕然《がくぜん》とし、呆然《ぼうぜん》としている。

リミフィー様もお兄様がこの部屋に入っていたことに、心底びっくりしていた。

しかし恥ずかしさの方が勝ったのか、何も言わず彼の脇をすり抜けて、部屋の外へと走り出していった。

「お、おおおお、おお、お前は何をやっているんだああああああああああああああああぁぁぁぁぁぁぁぁぁぁぁぁぁぁぁぁぁぁぁぁぁぁっ……!?」

雷が轟《とどろ》くような叫び声を、アンゼル様が発する。

元々、学園街からリミフィー様の護衛が派遣されることになっていたが、妹のことが心配で、護衛の兵たちとともに、アンゼル様もここに来たのだろう。

そしたら妹のキスという衝撃シーンを目撃してしまったのだ。

「ち、ちち、違う！　違いますっ……！　ごごご、誤解ですっ！　誤解っ……!?」

「な、ななな、何が誤解だと言うんだああぁぁっ!?　お前ええええぇぇっ……!?」

「お、おお、俺からやったんじゃありませんっ……！　か、かか、彼女から！　リミフィニア様がいきなりっ……！」

　全くもって正しい証言ではあったが、全然男らしくない弁解だった。

「ヴォルフ、お前……、さすがにキスはまずいぞ」

「カ、カインっ……!?　お前も見ていたのかっ……!?」

　部屋に入ってきていたのはアンゼル様だけではない。

　カイン様やシルファ様、クオン様などたくさんの人がいた。きっと今日行われる予定だった魔王家との会合のメンバーだろう。

　リミフィー様が誘拐されたと聞き、駆けつけたようだ。

「ロリコン！」

「ロリコン！」

「ロリコーン！」

「ち、ちちちち、ちちち、違うっ！　違うぞっ……!?　違うんだっ……！」

　ヴォルフ様は大慌て。

　カイン様やクオン様がめっちゃニヤニヤしながら、からかっている。

「ヴォルフよ」

「シ、シルフォニアさん……」

実の姉であるシルファ様が、ヴォルフ様に近づく。

「……妹をよろしくな？」

「違うっ！　違うんだあぁっ……！」

絞り出すような声が漏れる。

シルファ様が一番この状況を楽しんでいると言っても過言じゃなかった。

「そんな簡単な問題じゃなあああぁぁいっ……！」

アンゼル様が割って入るように大きな声を出す。

「お前っ……！　分かっているのかっ⁉　一国の姫とどこぞの男がキ、キスなど……！　ありえんっ！　ありえんぞっ……⁉」

「分かってます！　十分分かっていますっ……！　だが、俺に言われてもっ……⁉」

「斬首っ！　斬首だぞっ……⁉　普通に考えて、斬首だからなっ……⁉　おまっ⁉　ほんとやばいぞっ……⁉」

顔を真っ赤にしてアンゼル様が喚《わめ》き散らすが、言っていることは常識的であった。

だが、シルファ様が横から口を出す。

「兄上、そんなことしたら文字通り死ぬまでリミフィーに恨まれますよ？」

「それは嫌だあああああああああああぁぁぁぁぁぁぁぁぁぁっ……！」

アンゼル様は膝から崩落れた。

忙しい人である。

「ヴォルフー、いくらロリコンだからといってキスはダメだぞー？」

「イエスロリータ、ノータッチの精神はどうしたのじゃー？」

「ヴォルフったらケダモノー」

「うるさいっ！　うるさーいっ……！」

外野は相変わらず楽しそうにヤジを飛ばしていた。

「僕は認めないいっ！　認めないぞおおおぉぉぉっ……！」

床に伏せながら、アンゼル様が叫ぶ。

「くっそ……！　どうしたらいいんだ、この状況っ……!?」

まるで地獄絵図だった。

「……だが、お前の今回の功績は……確かに素晴らしいものだった」

「ん？」

その時、風向きが変わった。

アンゼル様がゆっくりと顔を上げながら、ヴォルフ様を褒めるようなことを言った。

「認めたくないが……本当に認めたくないがっ！　今回の王女の救出、王族親衛隊隊長の謀反《むほん》の鎮圧、どちらもかなり大きな手柄と認められるだろう……」

「え？　ちょっ……？」

「国から直接表彰を受けるに値する功績だ……。かなりの褒章が用意されるだろう。これが世に公開できる事件だったたら、名誉だって手に入ったはずだ……」

彼は苦虫を噛《か》み潰したような顔をしながら、言葉を続ける。

本当に不本意だという様子で、しかし現在の状況を端的に語る。

「……もっと功績を積み上げられたら……結婚も否定できないほどになるかもしれない」

「ちょっ……!?　ウソっ……!?」

遂にヴォルフ様は、王子様から譲歩を引き出した。

もちろんまだ条件は満たされていない。しかし結婚の許可が視野に入るほど、今回の彼の功績は大きかった。

図らずも、彼はリミフィー様との結婚を射程範囲に入れてしまったのである。

「ち、違うっ……!?　俺はそんなことを望んでないっ……!?」

「お前そこまでして姫様と結婚したかったのかー」

「王女様のピンチに真っ先に駆けつけたんだものね」

「違うっ……！　違う違うっ！」

「妹を悲しませたら許さんぞ？　ヴォルフ殿」

「ちがあああああぁぁぁうっ……！」

どんどん外堀が埋まっていく。

もはや抜け出せないほどに、お二人の仲が周囲に認められていく。

「もう諦めたらどうです？」

「えぇいっ！　他人事《ひとごと》のようにぃっ……！」

だって他人事だもん。

でももう彼は、結婚への道を着実に進んでいるような気がする。それが彼の未来であり、決して変えられない運命であるような感じがした。

いいじゃないですか、逆玉《ぎゃくたま》の輿《こし》。

「よく聞けよぉ！　バカ野郎っ……！」

アンゼル様が立ち上がって叫ぶ。

「本気でリミフィーを幸せにしたいのなら、誰もが認めるような功績を上げるのだっ！　王家の人間や国民全員が納得するような功績を立て、たくさんの人から祝福されるような状況でなければリミフィーは幸せになれないっ！　そうじゃないと僕は絶対結婚なんか認めないからなぁっ……！」

「だからっ……！　俺にその気はないって言ってるじゃないですかっ！」

「ちくしょー！　妹を不幸にしたら許さんぞーっ！　くっそー……！」

「あぁっ！　ま、待てっ……！　いや、待ってくださいっ……！」

ヴォルフ様の制止を聞かず、アンゼル様がこの部屋を飛び出していく。子供のように泣き叫びながら、一目散に走り去っていく。

うわあああぁぁぁん！　という大きな泣き声が後を引いてこの部屋に届いていた。

「…………」

「…………」

虚《むな》しい静寂が一瞬この部屋を包み込んだ。

「警察だっ！」

「御用だ！　御用だっ……！」

「今度はなんだぁっ……！」

と思ったら、アンゼル様と入れ替わるようにして、また騒々しい人たちが入り込んできた。

「警察だっ！　幼い少女に無理やりキスをさせた男がこの部屋にいることを察知してやって来た！　神妙にお縄につけっ……！」

「くそっ！　また警察かっ……！」

やって来たのは、またもや天使の警察官だった。

誰も通報していないのに危険な臭いを察知して、即座に現場へと駆けつけてくれる。

彼らのおかげでたくさんの街が平和を保てていた。

「あどけない少女にチューをさせるなんて、良心が痛まないのか、貴様はっ……！」

「違うっ！　違うって言ってるだろっ……！」

「確保ー！　確保ーっ！」

屈強な警察官を前に為《な》す術《すべ》もなく、ヴォルフ様はあっという間に拘束されてしまった。

「誤解、誤解だーっ！　彼女が勝手にやったことだ！　俺は何もしていない！」

「ロリコンは皆そう言うんだっ……！」

「言い訳は署で聞くっ……！」

天使の警察官に両腕を抱え込まれ、ヴォルフ様はそのままずるずると部屋の外まで引きずられていく。

「やめろー！　やめろーっ！」

「観念しろぉっ……！」

「ヴォルフ様、行ってらっしゃーい」

「お勤め頑張ってこい」

「助けてくれーーーっ！」

暖かな陽気が窓から差し込んでくる。

風は穏やか。空には雲一つなく、どこまでも平和で、こんな日は革命よりも恋の話がよく似合う。

青々とした空がどこまでも高く、窓の外に広がっている。

人族の王家と魔族の王家の交流から始まったこの騒動は、一つの小さな恋の花を咲かせようとしていた。

とあるお姫様と暗黒騎士の恋物語は、まだ始まったばかりだった。

「俺はロリコンじゃないんだああああああああぁぁぁぁぁぁぁぁぁぁああああああああっ……！」

ヴォルフ様が叫び声を上げる。

魂の底から漏れ出る悲鳴が、高い空に虚《むな》しく響くのであった。

エピローグ

「……にしても、新たな勇者かぁ」

両手を頭の後ろで組みながら、カインが気怠《けだる》そうに呟《つぶや》いた。

勇者たちの一行は今、学園街へと帰って来ていた。

ブライアンたちとの戦闘も、その事後処理も一通り終わり、皆この街で今まで通りの生活をしている。

若干一名、警察のご厄介になっているためにこの街へ戻ってこられていなかったが、それはどうしようもないことであった。

そういうわけで全ての仕事が終わった彼らは、様々な店舗が並ぶ活気ある大通りをぶらぶらと歩きながら、自分の家に向かっていた。

「それってブライアンが言っていたという新しい勇者の話か？　カイン殿？」

「んー、まぁ、別に大したことない話だとは思うがな」

シルファとカインが軽い調子で会話をする。

話題は新しい勇者の登場についてだった。

ブライアンは新たな勇者の存在について言及していたと、リミフィニアが証言しているのだ。

ブライアンは、その勇者を仲間にして革命を推し進めようとしていたようだった。

「カイン様たちはその新たな勇者についてなにか知っているのですか？」

「噂話《うわさ》程度はな。自分は真の勇者であるー、って言いながら人助けをする謎の人物が現れたって話ぐらいは耳にしてる」

リズの質問にカインが軽く答える。

彼らはもう既にその情報を仕入れていたようだった。

が、しかし……。

「まぁ、つまり何も知らないのと変わらねぇんだけどよ」

「そのようですね」

謎の人物が現れたという程度の情報じゃ、何も知らないのとさほど変わらない。

新しい勇者についての情報はほとんど何もなかった。

ブライアンはその新勇者を擁立するつもりだったようだが、その程度の情報のみでよくもまぁ、自信満々に謀反《むほん》が起こせたものだな、とカインが内心で嘲笑う。

「で？　カインよ、本物の勇者であるお主は、その新勇者をどうするつもりなのじゃ？」

「どうするって……」

クオンがカインに尋ねる。

しかし、彼は淡泊なものだった。

「……別にどうもしなくていいんじゃねえか？」

「はぁ？」

カインが欠伸交《あくび》じりに答える。

「だってよ、別にいいじゃねえか、勇者を名乗るくらい。別に俺と敵対するってわけじゃないんだし、好きにしてくれーって感じ」

「そやつが勇者を名乗る理由とか、興味ないのかの？」

「どーでもいいね。それよか明日の小テストの方が俺にとっては大事《おおごと》だよ」

カインが大袈裟に肩を竦《すく》める。

彼はこのことに興味がないようだった。

「でも勇者を名乗るくらいなんですから、敵と考えるより味方と考えた方が自然のように思えますね」

リズが意見を口にする。

よく分からない存在だから警戒心が湧いてくるが、彼らの敵であると決まったわけではない。

新勇者の存在は謎に包まれているが、あちこちで人助けをしているという情報も入ってきている。

　普通に良い人なのではないか、と彼女は予想していた。

「だとしたら仲間が増えるかもしれないぞ？　カイン殿よ。戦力の増員は大切な仕事ではないか？」

「どこにいるのかも分からねー奴を探すのか？　手間がかかり過ぎる。勇者を名乗るんだったら、あっちから俺に会いに来いって話だ」

　先ほどからカインの方針が杜撰《ずさん》だった。

　面倒くさいという気持ちがありありと皆に伝わる。

「つーか情報が足りねぇんだよ。今後どう動くにしろ、入ってくる情報次第だ。ただの自称勇者様で、全然大したことありませんでしたー、ってこともあり得るんだから。っつーか、そっちの方が断然可能性が高ぇ」

「ふむ……。確かにカイン殿の言う通りかもしれん」

　シルファは顎に手を当てながら、カインの言ったことに納得する。

　もし万が一、その新勇者がカインたちの敵であったとしても、彼ら勇者チームを脅かすような実力者である可能性はほぼない。

　彼らは人族最強の戦士であり、その実力は一般人の理解を超える。

　革命に失敗したブライアンも、世間からは勇者チームに比肩するほどの実力者だと持《も》て囃《はや》されていたが、結局ヴォルフに手も足も出なかった。

勇者チームの実力の高さは一般人の理解を超えており、きちんと把握できないほどのものであった。

新しい勇者の実力が分からない以上、今は情報収集に努める時期だとするカインの意見は一理あるものだった。

「………」

新しい勇者、と世間で話題になっているみたいだけど、ブライアン様と似たようなものかなぁ、とリズは頭の中で考えていた。

「ま、なんにせよだ」

カインが話のまとめに入る。

「そいつが大した奴なら、何もしなくてもいずれ出会う時がくるだろう。敵だろうが味方だろうが、勇者を名乗る以上そいつは俺たちを無視できるはずがねえ」

「わらわたちはどーんと構えてれば良いという話じゃな。わははははは！　そういうのは嫌いではない！」

「情報屋に言って情報は集めさせる。とにかく、今はまだできることなんかねぇ。慌てても仕方ねぇってことだ」

カインはふてぶてしい態度でそう言い切る。

だが、その余裕は仲間に安心感を与えていた。

ここで妙に慌てたり必要以上に心配するようなことがあれば、その不安は仲間に伝播《でんぱ》することになるだろう。

彼はリーダーとして安定感があった。

「っつーか、俺としてはそいつが本物の実力者であってほしいよ。人助けっつーメンドイ仕事やっといてくれんだろ？　俺の代わりに人族全部救っといてくれねぇかなぁ」

「こらこら」

「なんだったら勇者の称号そいつに丸投げしてもいいからさぁ」

彼は大きな欠伸《あくび》をした。

ただ面倒くさがりなだけでもあった。

「まぁまぁ、カイン様。そんなこと言ったらムショ暮らしを頑張っているヴォルフ様に怒られますよ？」

「勝手にムショに入れんなよ。取り調べ受けてるだけだわ。その発言の方がヴォルフに怒られるわ」

今、可哀想な彼は警察の取り調べを受けている。

別に牢屋《ろうや》に入れられたわけではない。

リミフィニアとのキスも彼女からしたものだし、幼い子供との不順異性交遊は良くないことであると、厳重注意を受けたら帰ってこられるだろう。

「でもなぁ……あいつ、今後何度も警察の厄介になるのかなぁ……」

「この短期間で二度も警察の世話になっているからな。いや、うちの王族親衛隊に捕まったのも含めれば三回か……」

皆が遠い目をする。

彼はこれから何度警察のご厄介になるのだろうか。

「笑える」

カインがばっさりと、同郷の幼馴染《おさななじみ》を切り捨てていた。

「幼馴染を相手にその感想は、ちょっと可哀想なんじゃないですかねぇ……？」

「いえ、その、わたくしは普通にアプローチがしたいだけなのですが……」

その場にいたリミフィニアが困った顔をする。

「諦めな、お姫様。お前さんがどれだけ権力を持っていようとも、小さな女の子と警察を前にしたら、男は無力になるしかないのさ」

「……これでも7歳しか離れてないのですけどね」

カインが言うと、リミフィニアは不満そうに口を尖《とが》らせる。

現在、ヴォルフは19歳で、リミフィニアは12歳である。7歳差のカップルならば、世間一般でも割と見受けられる。

しかし彼らはまだ10代である。

30代にもなれば7歳差など大したことはないが、若い時代の7歳差というのは大きな隔たりである。

「成長するのを待つしかないだろ。結局お前さんが12歳なのが問題なんだ。背と胸がでかくなるのを待つんだな」

「むぅ……」

「カイン様？　その発言はセクハラですよ？」

「警察呼ぼうか？　カイン殿？」

「許してくださいっ！　ごめんなさいっ……！」

カインが平謝りする。

いかに勇者といえども、小さな女の子と警察の前には無力であった。


たわいない会話をしながら、皆は街中をゆったりと歩いていた。


そんななにげない一時のことだった。

建物の屋上から彼らを見下ろす一人の人間がいた。

その人間はフード付きの赤茶色のコートを羽織り、白い仮面を着けていた。

仮面で顔を隠すという、見るからに怪しい出で立ちだが、誰もその人間の存在には気付いていなかった。

気配を殺し、息を潜めながら、じっと屋上に佇《たたず》んでいる。

「………………」

コートが風に靡《なび》く。

街は平和。

店が並ぶその大通りは活気に溢《あふ》れており、たくさんの人が賑《にぎ》やかに行き交っている。日が傾いてきており、赤い夕陽が目に染みる。

何も変わらない日常。

学園街は今日も変わらず平穏そのものだった。

その謎の人物が鋭い目で何かを見つめている、という以外は。

「………………」

その仮面を着けた人間が行動に出る。

ゆらりと体を動かし、とある人物目掛け、高い建物の屋上から飛び降りた。

内に秘める闘志を極限までひた隠しにしながら、ただ目だけはその人物を捉えて離さなかった。

「え？」

その時やっと、カインが何かに気付いた。

いや、彼だけが気付けた。常識を超えた動物的な直観によって、ごく微小の違和感を察知できた。

自分の斜め後方を見上げる。

肌が粟立《あわだ》つような危機感を覚えた。

「ん?」

カインの短い呟《つぶや》きによって、周りの仲間たちも違和感に気付く。

だが、その時には謎の人物はすぐそこまで迫っていた。

「………」

謎の人物は美しい剣を手に握っていた。

刀身は銀色に輝いており、壮麗な装飾が施されている。その剣はうっすらと白い光を纏《まと》っており、見ているだけで何か神秘的なものを感じさせた。

細く、軽そうな剣であったが、力強い存在感を放っている。不思議な力がその剣には込められており、ありふれた普通の剣とは一線を画す存在であることが、見ているだけで感じ取れる。

皆、瞬時に直感した。

聖剣。

——新しい勇者。

「くそっ……!?」

「はあああああぁぁぁぁぁぁっ……!」

謎の人物がカインに向かって聖剣を振るう。

従来の勇者と新しい勇者は、こうして早くも激突するのだった。


〈『私はサキュバスじゃありません5』へつづく〉

この作品に対するご感想、ご意見をお寄せください。

●あて先●

〒101-0052 東京都千代田区神田小川町3−3
主婦の友インフォス　ヒーロー文庫編集部

「小東のら先生」係
「和錆先生」係

ヒーロー文庫

ヒーロー文庫

私《わたし》はサキュバスじゃありません 4

小東《こひがし》のら

2020年9月10日　第1刷発行

発行者　前田起也

発行所　株式会社　主婦の友インフォス
〒101-0052 東京都千代田区神田小川町 3-3
電話／03-6273-7850（編集）

発売元　株式会社　主婦の友社
〒141-0021
東京都品川区上大崎 3-1-1 目黒セントラルスクエア
電話／03-5280-7551（販売）

印刷所　大日本印刷株式会社

ISBN 978-4-07-445021-3